文春文庫

地上の星

村木嵐

文藝春秋

目次

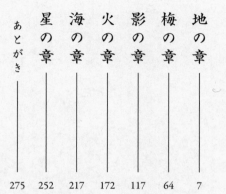

題字　村上豊

地上の星

地の章

一

辛い夢を見ておせんはいつもより早く目が覚めた。子供たちはまだ起きだしておらず、寺はひっそりと静まっている。

本堂を出て濡れた石畳を歩いて行った。井戸水を汲み上げて勢いよく顔を洗うと、手にべったりとついていた血が消えていくようだ。あのときも朝方に雨が降っていた。

手ぬぐいで顔をふいたときだった。

「おせん、今日はずいぶん早いではないか。まだ朝餉《あさげ》の支度には間《ま》があるだろう」

振り返ると南蛮人のアルメが立っていた。アルメは今年三十六になる司祭だが、おせんにとってはかけがえのない命の恩人だ。

「アルメ様こそ、お早いのですね。手術の日は、いつもこのくらいからご準備を？」

「いや、今日は宗麟《そうりん》様のご家臣を割り込みで入れたからな。先約の者はむろん、常どおり診てやらねばならんゆえ」

明るく微笑《ほほえ》んで、雨雲を気にかけるように空を見上げた。

ここはアルメが作った乳児院で、十七になるおせんはその世話係だ。はじめはおせん自身がこの乳児院で面倒を見てもらい、近ごろようやく役に立つようになってきた。今では乳児院に引き取られて来る身寄りのない子の母親代わりもつとめている。

おせんが人買いに連れて行かれるところをアルメたちに救われ、ともにこの豊後《ぶんご》へ来て五年ほどになるだろうか。

アルメはもとは豊後が九州一の繁栄をとげていると聞いて、大友《おおとも》宗麟の治めるこの地へやって来た。

だが赤児《あかご》の間引きの風習や、貧しい幼子が売られるのを見て乳児院を作ることを思いつき、宗麟に与えられたのがこの古寺だ。

アルメは子供を引き取るかたわら医師として療治にもあたり、宗麟からもずいぶん肩入れをされていた。

長い土壁で囲われた寺には真ん中にすっと伸びた石畳がある。左右にはおせんたちが耕してきた畑が広がり、奥に子供の寝起きする本堂とアルメの療治院が並んで建っている。

「あの、アルメ様。城下の噂を聞いたのですが」

思い切って口にしたが、アルメは笑って首を振った。

「おせんは何も案じなくていい」

目を細めてもう一度空を見上げると、さっきまでの雨雲は去り、山の向こうから明るい朝日が差してきた。

「それより今日は小六《ころく》が来る日だな。子供たちも喜ぶことだ」

アルメは軽やかにおせんの肩を叩き、笑って戻って行った。

小六というのはおせんより五つ年かさの、城下の雑穀屋の奉公人だ。宗麟はアルメを援助するために十日ごとに俵をいくつも買い上げてくれるが、今日は小六がその荷を運んで来る日だった。

おせんはアルメの背を見送って、大きく両手を広げて朝の気を吸った。

考えてみれば寺に来る病人はこの先もいっぱいなのだ。手術をはじめとする南蛮医術はアルメしかできない難しいもので、ここには弟子も大勢いる。病人も切れ目がなく、城主の宗麟はアルメをたいそう重んじている。この乳児院が閉じるというのはつまらないでまかせだろう。

おせんは少しほっとして朝餉の用意にとりかかった。

台所で雑穀が炊きあがると、子らが起き出して順繰りに朝餉をすませていく。少し大きい子は城下へ奉公に、もっと幼い子らは畑を手伝ったり洗濯をしたり、学問所へ行く者もある。

そうしておせんの朝の仕事がちょうど一段落したとき、小六が馬を引いて山門をくぐってきた。

馬の背にはいつものようにたくさんの俵が積まれている。小六は寺に入って馬を止めるとおせんに手を振った。

襟元をつかんで懐《ふところ》を揺さぶってみせたのは、そこに握り飯を入れてきたという合図だ。俵を下ろしたあと手水舎《ちょうずや》のそばに並んで朝餉を食べるのが、十日ごとの二人のならいになっている。

おせんが四半刻《しはんとき》ほどで子供たちの朝餉を終えて来てみると、小六はもう手水舎の石に座って待っていた。

「今日はおせんにちょっと話があって来たんだけども」

小六はいつもそっぽを向いておせんに話しかけてくる。手足の太いたくましい体つきで、実際に力も強いが、もともと無口な質《たち》で声は小さかった。

おせんは小六の横に腰を下ろして握り飯を取り出した。

十日に一度のこのときがおせんには何よりの楽しみだ。ふだん寺から出ないおせんに城下の噂を聞かせ、アルメに治してもらった町の人々がその後どうしているか、忘れずに教えてくれるのも小六だった。

だが今日の小六はどうも居心地が悪いのか、幾度も尻をもぞもぞさせている。膝にひじをついてぼんやりと顔を載せたまま、握り飯には手をつけようともしない。

「宗麟様のご家臣が旦那様に話しているのを聞いたんだがな。耶蘇会《やそかい》が医療禁令を出したって、おせんは知ってるか」

「うん……、だからアルメ様がここを閉めるんじゃないかって」

おせんは目をそらした。

耶蘇会というのはアルメが入っている天主教の修道会で、修道士たちはその命令に従って日本で布教をする役目を担っている。

アルメはもとは南蛮船に乗る商人だったが、日本へ向かう道中で耶蘇会の修道士になったという。商人でも医師でもあるが、本業は耶蘇会の司祭なのだ。

おせんは握り飯を手に持ったまま、ぼんやりと寺の母屋のほうへ目をやった。

子供たちの出払った本堂は、今はうそのように静かになっている。平屋建ての母屋のほうではアルメの弟子たちが出たり入ったり、ちょうど盥《たらい》で用具を洗い始めたところのようだ。

「アルメ様のお暮らしぶりは少しも変わらないよ。今朝も、なにも案じるなっておっしゃった」

「そうか？　だがどうやら耶蘇会が医療を禁じたというのは本当らしいぞ。禁令自体は、もう二年も前に日本へ届いてたっていうからな」

南蛮にいる耶蘇会の上長たちが会の修道士たちに医療を禁じる命令を出し、そのせいでアルメが医者をやめるというのだ。だがおせんには、そのどちらも信じられない。アルメがここでしているのは人助けだから、文句を言う者はないはずだ。

小六はうつむいて何か考え続けている。

「宗麟様はアルメ様に耶蘇会を辞めさせて、大友家で召し抱えるつもりだと聞いたがな」

「本当に？　宗麟様がご家来にしてくださるんだったら、アルメ様はここを続けられるってこと？」

「ああ。けど、耶蘇会は辞めなければならないだろう？　かんじんのアルメ様に、耶蘇会を出る気がないってな」

アルメが商いを続け、それを元手に乳児院をしていることが耶蘇会で快く思われていないという話は長くあった。豊後には今では南蛮船が来るたびに大勢の耶蘇会士が訪れるが、彼らの書く文《ふみ》で、アルメがここでやっていることは全て本国に知られている。医療禁令もアルメの動きを封じるために出されたと囁《ささや》かれているほどだ。

「もしもここが閉じたらな、お前はどうするんだ」

小六はそっぽを向いたままで言った。

このところおせんの一番の気がかりもそのことだが、アルメが幼子たちを置き去りにするとは思えなかった。南蛮に帰る気配もないし、この寺を覗く南蛮人たちは皆、子供たちに親切だ。

おせんは一生、アルメの手伝いをするつもりなので、石畳の脇の畑にも胡瓜《きゅうり》の種を蒔《ま》いたばかりだ。この寺は日当たりがいいから、夏になれば棘《とげ》だらけの大きな実が鈴なりになるし、今年の夏は瓜を作ってみようと皆で知恵も出し合っている。

秋になれば本堂の周りには銀杏《ぎんなん》がたくさん落ちて、年がら年中、芋も大根もできる。この寺にさえ置いてもらえれば、幼い子らもおせんも、十分に暮らしていけるのだ。

「ここが閉じるわけがないったら。私はずっと、アルメ様のお手伝いをしていくつもりだよ」

「けど、アルメ様は京へ布教に行かれるって聞いたぞ。そうなればお前はついて行けないだろう」

「京？」

思わずおせんは立ち上がった。

「アルメ様は京へ行くの？」

「ああ。耶蘇会が命じたそうだ」

「まさか……」

「いいや。アルメ様は耶蘇会の命令に従うことにお決めなさったってな。そうなれば、ここは閉じるしかないだろう？」

小六はおせんの手を引っ張ると、もう一度横に座らせた。

「なあ、おせん」

まぶしそうに額《ひたい》に手庇《てびさし》を立て、おせんから目を逸《そ》らしている。

春の終わりで、おせんは暖かいくらいに思って日差しの下に座っていたが、日が正面から当たる小六は目を幾度もしばたたいている。

「なあ。俺たち、夫婦にならないか」

「えっ」

面食らって小六の顔を見返したが、手庇の陰になって表情がよく分からない。

「ここが閉じちまえば、おせんだって食っていけなくなるだろう。それなら俺と城下へ移って、百姓屋でもお店でも、お前の働けそうなところを探しゃあいい」

頬が熱くなってきた。この豊後で二十二と十七で、おせんは小六の女房になるのだろうか。朝餉と夕餉の支度をして、小六の帰りを待って暮らすのだ。

「な、おせん。お前は働き者だ。俺だって二親《ふたおや》も兄弟もねえし、貧乏たって、慣れたもんだろう」

小六の声はどこか遠くから割れて聞こえてくるような気がした。

おせんはもとは天草の山深い村で生まれ、母や弟妹とは村を出てそれきりだ。杣《そま》だった父親が大風の日に木から落ちて死に、それからいっきに暮らしが立ちゆかなくなって、一番上のおせんが人買いに売られたのだ。

父親の死んだ冬、暖かくなるとすぐに博多から人買いがやって来た。おせんはその男の後ろについて山を下り、それきり故郷を見ていない。生まれた村がどの辺にあるのか、まだどうにか覚えているが、もう二度と帰ることはできない。

「私はアルメ様に助けられてここへ来て……」

目潰《めつぶ》しでもくらったようにまばゆい海がまぶたに浮かぶ。生まれて初めて海を見たとき、その吸い込まれるような青さにおせんは立ちくらみがした。

そのまま崖から身を投げようとして、人買いの男に乱暴に腕をつかまれた。

――めったな気を起こすもんじゃねえやな。お前が死にゃ、俺はもう一遍、お前の母親のとこへ行って銭を取り返して来なけりゃならねえ。ああそれとも？　お前にゃ、たしか妹がいたっけな。

あのときおせんは怖気《おぞけ》が走って男の腕を払いのけ、両手で二の腕を抱いて震えていた。

「なあ、おせん」

小六の声は耳のそばを横切った羽虫のように頼りなく、薄っぺらい。

「私はお嫁にはなれないから」

おせんはすっくと立ち上がった。口元をおさえると、ささくれた唇が小刻みに震えていた。しまったと思ったときには涙が落ちていた。

小六が呆然とおせんを見上げている。

「お前どうして。俺じゃ厭《いや》なのか」

おせんは突っ立って拳《こぶし》を握りしめていた。おせんには言えないことも、小六にだけは知られたくないこともある。

ああそうだ、唇が震えているのも涙が流れるのも、小六が好きだからだ。

「おせん」

小六が裾を摑んだとき、おせんはそれを強く払いのけた。

「私はね。アルメ様たちに助けられたと言ったって、いったんは人買いに売られて、二晩もその男と二人っきりで山の中を歩いて、アルメ様に会えたのは三日目の朝だったんだよ！」

おせんは顔を背けて駆け出した。

──売り物に手を出しゃ、値が下がる。そう思って一晩は我慢したんだぜ。

小さな焚き火を熾《おこ》して手を炙《あぶ》ろうとしたとき、人買いの男は薄ら笑いを浮かべておせんにのしかかってきた。

蛇のようにつるりと冷えた皮膚をした、切れ長の目が涼しげな男だった。こんなことは当たり前だとばかりに赤い舌をおせんの肌に這わせ、おせんに覆《おお》いかぶさって朝まで大いびきをかいていた。

それなのにおせんは夜が明けても体を洗うことさえできなかった。アルメたちに会ったときはほとんど帯一本の姿に嚙み傷だらけで、着物の前を大きくはだけさせていた。

――おせん、大丈夫だ。雨に濡れて露おそろしからず。お前は何も案じることはないのだぞ。

あの朝、天草には雨が降っていた。

おせんの手を拭《ぬぐ》ってくれたのはアルメと兜巾《ときん》だった。あれからおせんはただ夢中でアルメの後をついて来た。アルメに置いて行かれることなど考えたこともなかった。

朝からからりと晴れて、井戸端で子供たちの洗い物をしていたら横から小さな手が伸びてきた。七つになるお花が、おせんの隣にしゃがみこんでいる。

お花はまだ学問所に行くのにも幼いので、よくこうしておせんを手伝ってくれた。小六があのまま馬を引いて帰って二日が経っていた。

「おせん姉ちゃん、今日はお客さんが来るって先生が言ってた。天草って遠い？」

「天草？　アルメ様がそうおっしゃったの」

「うん、天草から来るお客さんだって」

うつむいてお花は石に洗濯物を叩きつけている。まだ三月で水は冷たいから、小さな手はもう真っ赤だ。

「ねえ、天草ってどこ？」

「このお寺があるのは豊後でしょ。ここからお天道さまの沈むほうへどんどん歩いて行ったら肥後《ひご》。その向こうに海があって、それを渡ると双子島があるんだよ」

「双子の島？」

「そう。天草は上島《かみしま》と下島《しもしま》っていう大きな二つの島のこと」

南北に長い肥後国は西岸のちょうど中央に鼻のように突き出した宇土《うど》半島がある。その先にあるのが上島で、そこからさらに、ほんの川ほどの海をへだてた向かいにあるのが下島だ。

おせんはその下島の山の中で生まれ、博多から大陸行きの船に乗せられるところを救われた。

「天草は山ばっかりの島でね。この豊後みたいにお米は穫《と》れないんだよ。でも山にはわらびやうどもあるし、海に出れば魚がいっぱいいるからね」

土地は痩せていても、天草は豊かな島だった。二つの島では五人衆と呼ばれる領主たちが小競《こぜ》り合いを繰り返していたが、今はどうなっているのか分からない。

「じゃあ今日のお客さんは海の向こうから来るんだ」

「うん、そうだね」

おせんはお花の洗った着物を絞ると、庭の物干し場へ立った。

「さあ、お花。こっちはもういいよ。お堂を掃いてきて」

「うん」

お花はにっこり笑うと、勢いよく石畳を駆け出した。

お堂へ入るのを見届けて洗濯物を伸ばしていたら、そろそろ今日の病人の列ができる頃合いになった。

大急ぎで干して石畳まで出てみると、山門のところに貧相な人影が立っている。

四十格好の男で、手に角張ったふろしき包みを下げている。頭には黄土色の被り物をのせ、息をついて横木をまたいで入って来る。

どこかで見たような被り物だと思ったとき、おせんは駆け出していた。

「兜巾様……。兜巾様ではありませんか」

おせんの大声に、山門の下で男が顔をほころばせた。やはり兜巾だ。おせんが駆け寄ると、男は両手でおせんを受け止めた。

「おお、大きくなったではないか。息災のようだな」

「はい、お客人というのは兜巾様だったのですか。さあ、どうぞ中へ」

おせんは飛びついて手を取った。五年前に豊後までともにやって来た、アルメの通詞だった兜巾である。

兜巾はアルメの道案内をして豊後へ渡る道中で、アルメとともにおせんを助けてくれた。ふっくらとした頬に小鳥のような丸い目がまたたいて、被り物を取って微笑んでくれたあのとき、おせんは初めて人心地がついたものだった。

兜巾が笑うといつも目の周りにぱっと笑い皺《じわ》が走る。するとたちまち釣り込まれて、おせんも笑顔になる。

「なんと、背が伸びたものだ。おせんはいくつになった？」

「十七です、兜巾様」

「そうか。天草を出てからもう五年か」

「はい」

おせんが笑って天草と口にできるのも兜巾たちのおかげだ。もしも兜巾とアルメに出会っていなければ、おせんは今時分どうなっていたか分からない。

「さあ、兜巾様。お持ちいたします」

兜巾の下げている包みを持ちかけて、あまりに重いので思わず顔を上げた。すると兜巾はやはり皺だらけの笑顔になって手を持ち替えた。

「驚いたか。字書《じしょ》がここまでになったとアルメ様に見ていただきたくて持って来たのだ」

まるで子供だなと、兜巾は少し顔を赤くしてふろしき包みを掲げてみせた。

字書というのは兜巾がアルメに会う前から書き継いできたもので、日本の言葉を南蛮の音《おん》と意味で置き換えた書物だという。

これまで日本にはなかったが、南蛮人が日本の言葉を覚えるには欠かせない。それを兜巾はアルメと出会う前から、そして別れてからも、一人で天草に残ってずっと書き続けていた。

もともと兜巾は薩摩の漁師村の生まれだそうだが、幼い時分に父親を海で亡くし、寺に預けられて大きくなった。故郷の村で看坊《かんぼう》として母親の面倒を見ていた二十歳のとき、村へ南蛮人がやって来て、そこからアルメと縁ができたという。

「どうだ、アルメ様もお変わりないか」

「はい。毎日遅くまで、眠る間も惜しむように働いておいでです」

微笑んだつもりだったが、おせんの顔を見て兜巾は足を止めた。

兜巾は何も聞こうとせずにそっとおせんの背をさすった。兜巾といいアルメといい、これまで幾度もこうしておせんの心を解きほぐしてくれた。

「おせん。雨に濡れて、露おそろしからずだぞ」

懐かしい兜巾の声でその言葉を聞くと、涙がこぼれた。

天草の海辺で初めて会ったとき、兜巾は同じように言って力づけてくれた。人は辛くても一度雨に濡れてしまえば、もう怖いものはない。露など降ろうが冷たかろうが、煩わされずに歩いて行ける。

おせんは胸に手のひらを重ねて大きく息を吸った。兜巾が寄り添ってくれていると思うと、すぐに心が鎮まっていった。

兜巾が被り物を取ると、やはり頭には岩海苔《いわのり》が張りついたようなわずかな髪があった。初めて被り物の下を見て僧でないことに驚いたら、潮風のせいですっかり薄くなったと恥ずかしそうに微笑んだのだ。

おせんもつられて笑顔になって、変わったお名前ですねと口にした。ああ、これだこれだと山伏に似た被り物を指さしたのが昨日のことのようだ。

「兜巾様……。兜巾様がおいでになったということは、やはりアルメ様はここを閉めておしまいになるのですね」

ようやく乳児院がうまく動くようになったのに、耶蘇会が医師も商人もやめさせるのは一体どうしてだろう。

たしかに宗麟からの助けもあったが、子供たちの厄介をすべて引き受けて、たくさんの金子《きんす》をつぎ込んで寺をここまでにしたのはアルメだ。それを耶蘇会は奪うつもりなのだろうか。

「耶蘇会はアルメ様が商いをしていることに腹を立てているそうですが、それは一人でも多くの子供を買い戻すためです。銭もない貧しい人々に薬をあげて病を治すのは、天主教の教えではないのですか」

どうしても費《つい》えがかかるそれらのことを、アルメは一人でこなしている。もしもアルメがここを閉めてしまったら、この山門に数珠《じゅず》つなぎになっている病人はどこへ行けばいいのだろう。

「アルメ様はいっそ耶蘇会を出ておしまいになればいいんです。そうすれば禁令に従わなくてもいいし、宗麟様がアルメ様を家来にしてくださいます」

「だが耶蘇会を出れば、アルメ様は司祭にはなれぬだろう」

「ならなくてもいいじゃありませんか。もともと先生のなさっていることは耶蘇会とは関わりがありません」

するとの兜巾はわざと大仰なため息をついておせんに微笑んだ。

「そうだろう。この寺はアルメ様が修道士かどうかには関わりがないのだ。だからこその医療禁令ではないのかな」

兜巾はおせんの肩をぽんと叩くと、井戸へ行って釣瓶《つるべ》を落とした。ふろしき包みを腰掛け石に置いて水を汲み上げた。

おせんに手招きをしながら、手のひらに移した水に口をつけた。

おせんも傍らに立って釣瓶の水を手ですくってみた。冷たさに頭が冴え返る。体が新しくなるようで、火照った頬も冷めていく。

兜巾は残りの水で頭の被り物を洗った。

「アルメ様がどれほど励まれても、病者のなかには死ぬ者もあったろう」

おせんは少し困ってうなずいた。

病は治らないことが多く、痛みがひどいものも、人に怖気をふるわせるものもあった。つましい暮らしが無惨に壊されたり、無垢《むく》な幼子や、幼子を守るのに欠かせない母親が動けなくなるのをおせんは幾度も見た。

「病は人の心を浄めるというが、所詮はただの悪ではないか。病を得て悟りに至るというのは、その者の魂が懸命にもがいたゆえだろう」

兜巾は薩摩にいたとき、医者にもかかれない暮らしの中で母親を看取っている。

この世の人々の大半は薬にもありつけず、満足に食べることも寒さから身を守ることもできずに死んでいく。

「人はときに、とうてい忍ぶことのできない悪にも遭《お》うてしまう。アルメ様は、神は無駄なことはならぬと言われるが、私にはそこまでのことは分からない。ただ病であれ何であれ、結局、人が救われるかどうかは、その者の魂がどう思うかではないか？　おせんの、その心だ」

兜巾は胸に手を当てて目を閉じた。二人とも切支丹ではないから祈りは知らないが、おせんも同じようにした。

おせんには、このまだ短い生涯の間にどうしても忘れられない自らの悪がある。それはアルメでも兜巾でも、なかったことにはできない。それを乗り越える道はただ一筋、おせんの心が必死で救いを求めた先にだけ開かれている。

「母を亡くしたすぐ後のことだ。ほんの行きがかりで私はある男を匿《かくま》った」

まだアルメが日本に来る前のことだった。

「その男はつまらぬ諍《いさか》いから人を殺《あや》めてしまった。己《おのれ》の犯した罪の大きさに恐れおののいて、午《ひる》も夜もただ筵《むしろ》をかぶって震えていたものだ」

兜巾は腿《ふともも》に手をついて、どうにもならぬというように首を振った。無理もない、人の命を奪うなど、誰に詫びることもできない大きな罪だ。

しかもその男は殺した相手には大した恨みもなかった。酒を呑み、ほんの言い争いから我を忘れて刺したのだ。

ヤジロウという名の、まだ若い男だったという。悔いて海に身を投げ、波間をただよっていたところを、たまたま通りかかった兜巾に拾われた。

兜巾が懸命に介抱を続けると、幾日かしてヤジロウは息を吹き返した。だが一言も口もきかず、あまつさえ再び首を吊って命を絶とうとした。

――儂《わし》は人さまに粥《かゆ》を食わせてもらえるような者ではないのじゃ。どうぞこのまま死なせてくだされ。

兜巾は驚いてわけを尋ね、ヤジロウが人を殺したことを知った。

「どうやって宥《なだ》めたものか、私には見当もつかなかった。いやそれどころか、詫びて死ぬほうが正しいのかと考えた」

ヤジロウは来る日も来る日も筵をかぶり、日の光を恥じるように小屋から出ようとしなかった。

そんなとき南蛮船があらわれて、船を下りた南蛮人が兜巾の漁師村を訪れた。南蛮人は兜巾の寺に宿を取り、そのまましばらく居続けることになった。

すぐにヤジロウは見つかってしまったが、その南蛮人はヤジロウを責めなかった。

――お前は心から罪を悔いているではないか。そのような者は天主様が許してくださるぞ。

南蛮人は根気強くヤジロウの背をさすって言い聞かせた。

――ともに南蛮へ行こう、ヤジロウ。我らの国には司祭がいて、神の御使《みつか》いとして人の罪を許すことができる。司祭に会えば、罪も許される。

ヤジロウは筵からそっと顔を出した。無残に筵の皺がついた頬には、幾筋もの涙の跡が残っていた。

「取り返しのつかぬ罪を犯してなお、人は生きることを許される。この世には人を殺めても素知らぬ顔で暮らしている者が大勢いるだろう？ それにひきかえ、あれほど苦しんでいたヤジロウは、よほど生きるに相応《ふさわ》しいではないか」

人を救うとは、もう一度しっかりとその足で歩かせてやることだ。たとえ体に病はなくても、心を閉ざしていればそれは死んだのと変わらない。己の足で歩くとは、心がまっすぐに日の光を浴びているということだ。

兜巾は被り物を絞って頭に載せると、力強く言った。

「耶蘇会の医療禁令は、間違ってはおらぬのではないか」

病や貧しい境涯から人を抜け出させることが司祭のつとめではない。その者の魂を救うことこそ、司祭が神から授かった格別の役割なのだ。

それでもアルメは迷い続けた。目の前に病人や売られていく子らがいて、耶蘇会の禁令を知っても彼らを見捨てることはできなかった。

丸一年も考えた末に、アルメは京への布教の旅に出ることに決めた。それはおそらく、ここで多くの助からない命と向き合ってきたせいもあった。

「アルメ様が新たな道を行かれるのは、耶蘇会に命じられたからではない」

「ご自身で、そちらへ進むべきだと決められたのですね」

このまま療治に携わっていたいと思えば、アルメは耶蘇会を出ただろう。だがアルメは人々の魂と関わる道のほうを選んだのだ。

涙が頰を伝って落ちて、おせんはあわてて手ぬぐいを当てた。

おせんはどうすればいいのだろう。司祭が歩む布教の道について行けるはずがない。だが豊後に残って小六と夫婦になることは許されない。

「おせん。お前は私を手伝ってくれないだろうか」

兜巾がふろしき包みを膝に置き、おせんの顔を覗き込んでいた。

おせんはぼんやりと兜巾の指がふろしきを解《ほど》くのを見ていた。中から現れた紙の束が何かの光を跳ね返したので周りを見たが、足元の釣瓶にも日差しを映す水は入っていなかった。

ふろしきから現れたのは、大きさも揃わない粗末な紙が半分にたたまれて帳面に綴じられたものだった。蟻のように小さな日本の文字が一語ずつ記され、その下におせんの見たこともない、丸や棒を組み合わせた印のようなものが並んでいる。

「これが南蛮の文字だ」

兜巾は丸や棒を組み合わせた墨の跡を指でなぞった。

「まるでみみずのような、これで南蛮人は文を書くのですか」

日本の文字すら覚束《おぼつか》ないおせんには、隣りあう一行一行の違いも分からない。

おせんはがっかりして頭を振った。やはり子供たちの世話をするのとはわけが違う。

おせんにはとても兜巾を手伝うことなどできない。

兜巾は顔を皺だらけにして優しく笑いかけた。

「なにもおせんにこれを書けと申しているのではないぞ。おせんは私が尋ねたときに応えてくれるだけでいい」

「兜巾様がお尋ねになったとき?」

「言葉には女子《おなご》しか使わぬものも、子供だけが使うものもあるだろう。私にはそれが分からないが、子らの面倒を見てきたおせんはそれを知っているだろう? 私よりお前のほうが詳しいではないか」

兜巾は紙の束を繰《く》って、母という文字の上に指を置いた。その文字ならおせんも知っている。

「母のことは母君とも母御とも言うな。だが子らはなんと言う?」

兜巾がおどけたようにおせんの顔を覗き込む。

「お花たちは、かか様と……」

おずおずと応えると、兜巾は大きく笑ってうなずいた。

「そうだろう? それをおせんに教えてほしいのだ。この字書には母という言葉だけではないぞ。母君も母御もかかも、すべて書く」

兜巾は目を輝かせた。

「おせん、それが言葉の持つ温《ぬく》もりだ。母のことを、日本の子らはかか様と呼ぶ。その優しい響きを伝えてこそ、南蛮人にも日本の深さや奥ゆかしさが解される。私はな、そんな字書を作りたいのだ」

若い娘に話すことではないがと笑いながら、兜巾はさらに紙を繰った。

「くそとは人や獣の糞のことだろう? だがな、うさぎの糞にかぎっては落《おとし》と言うそうだ。鳥の糞は返《かえし》、犬のは穢《けがし》、馬のは肥《こえ》、たぬきのは溜《ため》という」

百姓や猟師たちから聞いたのだと、兜巾は嬉しそうに紙を繰り続けた。

「この字書には特別の印をつけて、それらの言葉も入れる。だからおせんには私を補ってもらうところが山のようにある。どんなささやかな言葉でも、南蛮人にとっては夜道を照らす星になる」

ふだんおせんたちが何も考えずに使っている言葉は、どれほど豊かで美しいものか。それを残らず伝えることができたら、南蛮人はどんな長い航海をしても日本をこの目で見たいと願うだろう。

兜巾の字書は、大勢の人々の生涯を導く、得がたい大切な書物になる。

「きっと、容易《たやす》くはできあがらない書物でございますね」

　おせんがつぶやくと、兜巾は何度も大きくうなずいた。

　藍色の紐で綴じた帳面には文字がびっしりと連なって、まるで蛍が息をするように強まり弱まり、ささやかな光を放っている。

「これは、たくさんの人を支える闇夜の星になるのですね」

　この字書はきっと、生半可《なまはんか》なことでは完成しない。たくさんの犠牲が払われてもなお、できるかどうかは賭けのようなものだ。

　兜巾の膝にある紙の束が自信に満ちてそう囁きかけてくるのを、おせんは聞いたような気がした。


　主がいなくなると寺は急に広くなった。子らの声は変わらないし、朝、皆を起こすのに苦労するのも常のことだ。

　いつも黙っておせんを見守ってくれたアルメの姿はもうどこにもない。兜巾がここへ着いた明くる日に出立するとは考えてもみなかった。

　それでもアルメは前々から宗麟に話をつけていたようで、乳児院はこれからも続けられることになり、城からは当座の家士も遣わされていた。

援助も今まで通りで、子供たちはこの先も乳児院で育てられ、新しい幼子も来ることになっていた。

だからおせんはここで働くこともできるが、乳児院で大きくなって城下に移っていた娘たちが戻って世話をする算段がつき、代わりはすでに見つかっていた。

――俺と夫婦にならないか。

井戸端に立つと小六の声が聞こえてくるようで、おせんは頰を叩いてその声を振り払った。

あれきり小六とは会わずじまいで、今日はおせんが兜巾と天草へ発つことになっている。今度小六がここへ来たときにはもうおせんはいない。

アルメが旅立つ前の晩、おせんは兜巾たちの話に加わった。そのとき母屋には細い蠟《ろう》燭《そく》が一本あるだけだったが、アルメが字書をめくったとき、部屋は松明《たいまつ》が灯ったように隅々まで明るくなった。

兜巾が持って来た紙の束のうち、綴じた物は京へ旅立つアルメのために急いでこしらえた写しだったそうで、これがあれば都でも仏僧と宗論ができるとアルメはたいそう喜んでいた。

京には数えきれないほど高僧がいて、彼らの教えを知り、反駁《はんばく》することができてこそ天主教は受け入れられる。南蛮と比べても日本の僧の知恵は深いので、字書の助けがなければ仏僧と対等に神について語ることはできないという。

　——これから日本には大勢の西洋人がやって来る。日本の民はとりあえずは人の話を聞くが、心の底から敬わなければ帰依《きえ》しないのでな。

そのような国でこそ天主教は広く知られるべきだとアルメは言った。兜巾の字書に左手を重ねては静かに十字を切った。

アルメは一枚ずつ丁寧に紙をめくり、半ばまで行かずに涙を浮かべた。京へはほかにも司祭たちが同道するが、その者たちも兜巾の字書ですぐに辻説法ができそうだ。

——この一文字一文字が、我ら西洋人の道しるべだ。これは闇夜に輝く星にほかならぬ。

アルメと兜巾は話が尽きなかった。

南蛮船で航海を続けていたとき、月のない夜ほど恐ろしいものはなかったという。明日にでもこの風が嵐に変わるかもしれないと、眠れない夜を幾晩も過ごして、アルメはどうにか日本へ辿り着いた。

日が昇り、また海の彼方に沈んで行くと、船では星が輝き始めるのだけを待っていた。はるかな道を旅して行かなければならないとき、人を導き支えるのは、明るい午の日差しよりも夜の星々なのだ。

「おせん、我らもそろそろ行くとするか」

振り返ると兜巾が子供たちを連れて山門のそばまで来ていた。おとといアルメを見送った同じところに今日はこれから兜巾とおせんが立つ。

「荷はそれだけか」

そう言う兜巾は大きな包みを両手に下げ、横長の行李《こうり》まで背負っている。アルメがここで使っていた物を全て兜巾に残して行ったからだ。

兜巾の荷を分け持っているとお花が駆けて来た。

おせんはしゃがんでお花を受け止め、帯をしっかりと結び直してやった。こうして幾度もお花の帯を結んできたが、今日で最後になる。

「おせん姉ちゃん、いつかまた会える？」

「うん、きっとね」

お花の赤く張った頰を涙が伝って落ちる。おせんが指で拭ってやると、お花はその指を強く握った。

「これからは私のかわりに、ここのお手伝いをいっぱいするんだよ」

お花がこくんとしたのを見届けておせんは立ち上がった。

周りを見回すと、小さな目がどれも涙を浮かべておせんを見ている。いたずらばかりしていた黄太《こうた》という子は、怒ったように目をそらす。

畑ではそこかしこで蔓《つる》が伸び始めていた。庭にあった梅の木は、ふくらみかけた白い粒がたくさんついている。

お花が一本の枝を差し出した。

「これを挿しておくと、うまくすれば他所《よそ》でも花が咲くって」

鼻を近づけると甘い香りがわずかにただよって、鮮やかに花びらを広げていた姿がよみがえる。

もうすぐこの寺にはたくさんの甘い実が落ちる。

「天草はおせん姉ちゃんの生まれた双子の島でしょ。私もきっと行くからね」

「大きいお姉ちゃんたちの言うことをよく聞いて。みんな仲良くするんだよ」

小さな頭がそれぞれにうなずいた。

「さあ、おせん。揃ったようだ、行くとしよう」

兜巾があっさりと歩き出し、あわてておせんはついて行く。

たくさんのことに紛れて小六を思い出しそうになり、ぎゅっと目を閉じた。もとは人買いにどこへ売られるかも分からなかったおせんだが、ついに兜巾を手伝うために天草へ帰るのだ。

おせんは皆に大きく手を振って前を向いた。兜巾はずいぶん先へ行って、こちらを振り返っている。

そのときおせんはびくんと足を止めた。兜巾のそばに男の背があり、いつの間にか兜巾の行李を背負っている。

「おせん」

兜巾が笑っておせんを待っている。男はそのまま角を曲がり、寺が見えなくなったところでこちらを振り返った。

「兜巾様……」

おせんはすぐ兜巾に追いついてしまった。

「アルメ様はすっかりお見通しだったぞ。考えてみればおせんも、そのような年になっていたのだな」

兜巾がまぶしそうに目を細めて微笑んでいる。

「おせんも水臭いものだ。私はこれからずっとおせんに助けてもらうのだ。どんなときも、お前にとって大事なことは、私にも話してくれなければ困るぞ」

夢中で頭を振った。おせんは誰かと夫婦になれるような女子ではない。

兜巾はそっとおせんの背を押して歩き出した。

「何があったか察しがつくと、小六は申していた。それでも、おせんの気が済むまで待つと言ってな。お前も、案ずるばかりで立ち止まっていてはならん」

小六は城下のお店をやめて、天草でおせんとともに畑を耕してくれるという。

おせんは兜巾を手伝い、小六はそのそばで百姓をする。それなら小六はおせんの得心がいくまでゆっくりと刻《とき》をかけ、いつかは夫婦になることができる。

「天草は山ばっかりで……、畑なんていくらもないのに」

それだけ言うのが精一杯で、しばらくは歩き出すこともできなかった。

二

永禄三年（一五六〇）、志岐《しき》麟泉《りんせん》は天草の上島で馬に乗り、海辺にずらりと並ぶ肥前《ひぜん》の船を眺めていた。

麟泉は今年五十になった。双子島である天草の下島の北半分を治め、一万石あまりに及ぶ禄高《ろくだか》は、南半分を支配する天草氏に次いでいる。

もとは九州の名門豪族の流れを汲み、かつては天草の要《かなめ》である本渡《ほんど》も押さえた第一等の家柄だった。だが戦国のはじめに天草氏にその地を奪われ、今や本渡を取り返すことが麟泉の宿願になっていた。

「小さいのう……」

隣で馬にまたがった継嗣《けいし》の諸経《もろつね》に、麟泉はつぶやいた。

海に帆を下ろしているのは肥前の島原や平戸から加勢に来た領主たちの持ち船だが、

どれも漁師たちの小舟に毛の生えた程度のものだ。

「平戸の松浦《まつら》家には南蛮船も立ち寄るというが、船はいまだ、あのようなものか」

「当家の船と、さして変わらぬようでございますが」

おずおずと麟泉の顔色をうかがうように口にした諸経は、男子に恵まれなかった麟泉が肥前島原の有馬《ありま》家から養子に貰ったものだ。血がつながらないせいか、今もまだ麟泉に遠慮をしていた。

「儂が申しておるのは高々と帆を上げた南蛮の船よ。そうじゃの、お前は南蛮船など見たことがなかろう」

「は……」

「儂はお前の年には、沖でそれは大きな船を襲ったものじゃ」

ちらりとその横顔を見たが、諸経は続きを聞きたがるでもなく、ぼんやりとこちらを見返している。どうも諸経は気弱というのか、麟泉にとっては打てば響くという面白みに欠けていた。

麟泉はもう二十年ちかく前、冬の海で三本も帆柱を立てた南蛮船に行き合ったことがある。

北風が激しく吹きつける、天草の双子島がはるかに霞む西の海でのことだった。麟泉は見たこともない城塞のような船が波間にただようのを見つけて、水軍を率いて寄って行ったのだ。

――儂の海で何をしておる。

船の縁《へり》に鉤縄《かぎなわ》を放り投げ、海鳥のように飛び移ったときには船上の誰もが驚いて尻餅をついた。

麟泉の配下たちは次から次へと南蛮船に飛び移り、あっという間に南蛮人たちを縛り上げた。

どの男も剝き出しの太い腕に、獣のように黄金色に輝く毛を生やしていた。鼻が高く額は突き出して、丸い大きな目がそろいもそろって怯《おび》えたように麟泉を見つめていた。

すぐに船の中から長《おさ》らしい男が出てきて、麟泉の前にひざまずいた。

長は薩摩の男を連れており、その男が麟泉の前へ進み出た。

――天草の志岐麟泉じゃ。おぬしら、誰の許しを得てこの海を通っておる。

麟泉が槍を向けると薩摩の男は飛び上がり、南蛮人の船長へ、これは天草の王だと告げた。

――あま、くさ？

あわてて膝を折った船長に、麟泉は槍の先で、はるかな島影を指した。

輝く海の東の果てに、手のひらに載るほど小さくなった双子島がまだかろうじて見えていた。

南蛮船は薩摩を出て、北風に乗って西洋へ帰るところだった。今さら立ち寄れというのも酷な遠さで、麟泉もさすがにその日はもう島へ戻るつもりだった。西の空にいやな雨を呼ぶ雲が湧き出して、風が強くなっていた。

ほんの四半刻前に乗り移ったばかりだったが、南蛮船の足はたいそう早く、そうしている間にも西へ進んでいた。じきに天草も消えてなくなりそうだった。

南蛮人たちは、次の折には必ず天草を訪ねると言って幾度も頭を下げた。麟泉にしてみれば天草に仕掛けるつもりがないなら、大して気にかけることもなかった。

――儂は天草の王じゃ。

振り向きざま言い捨てると、南蛮人たちはそろって恭《うやうや》しく頭を下げた。配下とともに船を下りたとき、大きな南蛮船は逃げるように帆を上げて海の彼方へ去った。

あれはまだ麟泉が諸経をもらい受けてもいなかったときだ。あのときの船にくらべて、肥前の船はなんとつまらぬものだろう。さして大きくもなく、ただずんぐりして船足は鈍そうだ。

こんな船は欲しくもない。それくらいならあの南蛮船を取っている。麟泉は鼻で笑うと馬の首を返した。

今日、麟泉が手勢を率いて入ったのは上島の領主、上津浦《こうつうら》氏の陣だ。上島には上津浦氏と栖本《すもと》氏があり、その両者が島の南にある棚底《たなそこ》という湊《みなと》を巡ってこのところは争いを続けている。

そもそも天草には五人の領主がおり、九州などからは天草五人衆と呼ばれていた。なかで最も勢力のあるのが下島の南を押さえる天草氏、次いで北を押さえる麟泉に、今回争っている上津浦氏と栖本氏、そして九州の宇土半島に近い大矢野島《おおやのじま》を治める大矢野氏である。

こたびは栖本氏に天草氏が合力するというので、麟泉は上津浦氏に与《くみ》することにした。どうも天草氏は上島の争いにまで口を出し、五人衆を配下に置こうとしていたから、麟泉としては黙って見ていることはできなかった。

「しかし上津浦も上津浦じゃ。一体どういう料簡《りょうけん》をしておる」

麟泉は苛立って、ぼんやりと馬に足踏みをさせている諸経に顎をしゃくった。

上津浦の軍勢には麟泉たちだけでなく、対岸の肥前島原や、遠く平戸の松浦氏までが加勢している。天草では昔から、島の外の武将たちが旗を立てることはなかったのだ。

「これでは天草のいくさとは言えぬではないか。肥前の助けを借りてまで棚底が欲しいのか」

かなり語気を荒らげて言ったつもりだったが、諸経は鼻から気が抜けたような返事をよこした。

「ですが栖本には天草氏が合力しておりましょう。天草氏はたいそうないくさ巧者でございますゆえ、我らばかりでは心許《こころもと》のうございます」

数もあちらのほうが多いと、諸経が手庇をたてて敵を眺めたとき、麟泉はつい顔をそむけた。諸経は島原領主、有馬晴純《はるずみ》の子だが、どうもその勇猛な血筋に似合わず、生来おっとりとして、他家より前へ出ようという気概がまるでない。

水軍を教えようと海へ連れ出してみれば、いるかの影を見て歓声をあげるばかりで、これでは水軍で名を馳《は》せてきた志岐氏も、次代は知れているというものだ。

「おぬしものう。敵とはいえ種元《たねもと》を見習うがよいのじゃ。棚底などはどうでもよい。わが志岐家は種元から本渡を取り返さねばならぬのだぞ」

種元は天草鎮尚《しげひさ》が本渡の守りに置いている義弟だが、鎮尚に負けず劣らずの武将で、麟泉は正直なところ、天草氏にその二人がいるあいだは志岐氏も浮かぶ瀬がなさそうだと考えていた。

諸経はただ惚《ほう》けた顔で栖本の陣を眺めている。なにやら髪の長いのがおりますぞとつぶやいて、二、三歩、馬を進めた。

「父上、あれは天草家のお京《きょう》ではありますまいか」

諸経は常にない弾んだ声で身を乗り出している。麟泉も敵の陣へ目をやった。

「女だてらにいくさ場にしゃしゃり出て来るとは、大した男勝りじゃの」

「いや、それがたいそう情の深い姫だと聞きました。あの姫は日ごと城下を歩き回り、百姓どもの野良まで手伝ってやりますとか。それゆえ民から慕われて、天草氏の守りは鉄壁らしゅうございます」

「それが分かっておるなら、お前もせいぜい同じように振る舞うてみよ」

麟泉は呆れて馬の首を元に戻した。

天草氏の一人娘はたいそう美しいと評判で、昨晩も陣の中で、若い諸経たちはしきりとその噂をしていた。それを島原の有馬や長崎の大村がどんな顔で聞いているか、天草の武将たちは考えてもみないのだ。

いくさに負けて天草氏が姫をさらわれるのはよいとして、お京を奪うついでに天草の地を踏み荒らされてはかなわない。肥前や九州の領主たちは天草の五人衆よりずっと大きな軍勢を持っているし、そのうち島の支配にまで口を出すようになるかもしれない。

「お前は女に執心などせずに、さっさと本渡を取り返す算段をすることじゃ。天草家を滅ぼしてしまえば、お京など放っておいても手に入るわ」

けしかけるつもりで言ったが、諸経は馬上で顔を赤らめている。これでは本渡どころか、志岐の領国を保つのさえ覚束ない。

天草はかつては七人の領主が争ってきた大きな島だが、天草氏が近在の宮地氏や久玉《くたま》氏を呑み、今では五家になっている。禄高は島を合わせても四万石ほどだが、豊かな海に囲まれ、陸は良木の生い茂る山に満ち、それほど田畑を耕さなくても暮らしていける。

そのうえ本渡となると、水田が広がっているのだ。

その本渡を天草氏に奪われたのだから、麟泉としてはいつまでも指をくわえて見ているわけにはいかない。島ではやはり本渡を押さえた者が頭一つ抜きん出る。

麟泉はむしゃくしゃしてふたたび海のほうへ目をやった。

あの眩しい海の対岸は肥前国で、天草五人衆は昔から肥前や肥後、薩摩の領主たちと付いては離れ、離れては付くことを繰り返して戦ってきた。こんなことをしていれば、そのうち島まるごとが他国の領主に持って行かれるかもしれない。

「のう、諸経。情けないものではないか」

「と、おっしゃいますと」

諸経はようやく敵陣から目を離し、麟泉のほうへ馬の首を向けた。

「この陣立てを見よ。これほどの旗指物《はたさしもの》がひるがえり、これでどこが、上津浦が大将なのじゃ」

麟泉の軍勢の周囲には柄とりどりの旗印が立ち、いっそ敵の栖本のほうが、天草氏と二つだけで潔いというものだ。

天草五人衆は何かと言えば九州の領主たちと手を結び、くるくると敵味方が入れ替わっては互いの麦畑を荒らし回り、いっこうに力の差もつかない。こたびの争いにしても、麟泉たちは同族の栖本の側へついてもよかったのだ。それが本渡を奪われてから天草鎮尚とは島でもっとも反目しあう仇敵《きゅうてき》になったから、麟泉は深い考えもなく上津浦につくことにした。

「種元めが、本渡に出城などを築きおって。今に奪い返してくれる」

麟泉がぎりぎりと唇をかみしめても諸経は軽く聞き流している。

この上津浦の陣にいる大村純忠《すみただ》は、諸経の実の兄だ。だからこの際、せいぜい誼《よしみ》を通じておけと言うのに、諸経はまるで元服前の少年のように志岐の陣から離れようともしなかった。こんなことだから志岐家は天草家に後れを取るのだ。

「なににせよ儂ならば、肥前の力など借りぬわ」

独力で天草両島を取ってみせると胸をふくらませたとき、大村純忠が全軍に腕を差し上げた。どうやら攻撃を始めるらしい。

「大将は純忠か。おぬし、まこと兄弟かの」

さすがに呆れてぼやいたが、諸経は頼りない笑みを浮かべるだけだ。ものごころついたときには純忠は大村家へ養子に出ていたので、諸経はじかに純忠を知っているわけではない。

天草の王は、この儂じゃ——

麟泉は純忠を一にらみして松浦の陣の横に戻った。

各家の足軽が槍を構えてずらりと並ぶ。

なかで平戸の松浦氏の足軽だけが騎馬の前に腰を下ろしていた。肩に褐色の筒を載せ、筒の先を栖本の陣へ向けている。

純忠が風を読んでいる。

やがてその軍扇が栖本の軍勢へ向かってまっすぐに下ろされた。

三

はるかな上津浦の軍勢の手前に、まだ丈の低い麦穂が風に揺れていた。お京は長い髪をほどいたまま敵の陣構えに目を凝《こ》らしていた。

お京は天草下島の領主、天草鎮尚の一人娘である。今年十七になったが、馬で風に吹かれるのがなによりも好きで、今日は父たちのいくさについて来た。

三千ばかりの軍勢にはお京の兄、久種《ひさたね》と、叔父にあたる種元も同行している。

――ほう、姫は己《おのれ》の命よりも天草が大切か。

馬に乗っていると、いつものように大友宗麟の懐かしい声が聞こえてきた。

――ならば城主の娘に生まれたのじゃ、城下に暮らす民百姓どもを守ってやらねばならぬぞ。

あれはお京がまだ十二の時分、父に連れられて豊後の宗麟の居城を訪れたときのことだ。鎮尚は大友家の庇護を受けるため、お京を人質に出すつもりで連れて行った。

――見ればまだ幼いが、姫は人質になるのは恐ろしゅうはないか。

髭を生やした宗麟は、優しい顔を作って微笑んでみせた。お京は恐ろしかったが、天草を守るためだと言い聞かされていた。

――ならば姫は、豊後で暮らさずともよい。好きでたまらぬ天草に帰り、民に優しゅうしてやるがよい。

宗麟は肥後のはずれの双子島には関心もなく、人質などなくても天草家を守ってやるとうけあった。当時すでに宗麟は情け深い大領主だと評判をとっていたが、それは真実のようだった。

あのときからお京にとって武将といえば宗麟で、城といえば巨大な宗麟の城だった。強い軍勢を持ち、宗麟の名を恐れて豊後にいくさを仕掛ける者はなく、豊かで平穏な城下町が海沿いまで広がっている。

いつか天草もあのような国になれば、収穫まぎわの麦が踏み散らされることもなくなる。

お京は少しずつ馬を進め、陣を離れて敵方に近づいた。あいだに麦畑が広がって、上津浦の陣はまだ手のひらで隠せるような彼方にある。ここからは小指ほどに見える旗指物が、上津浦と志岐のものばかりでないのが気がかりだった。

「姫様、あまり、近づかれますと」

まっさきに馬を寄せて来たのは、供侍《ともざむらい》の平助《へいすけ》だった。お京より六つ下で、十一になった今も訥々《とつとつ》と、どもるようにしか話せない。それが幼いときから可愛くて、お京は大切に目をかけていた。

「平助。あれは有馬家の旗指物ではないか？」

腕を差し上げると、腰まである髪が風に流された。お京は艶《つや》やかな髪が自慢で、幼い頃からほとんど束《たば》ねたことがなかった。

「左様にございます。長崎も、平戸も、加勢しております、とか」

むっとして、お京は空を睨《にら》んだ。海の向こうから加勢を頼んでいるようでは、いつか天草がまるごと、九州か肥前に支配されてしまう。

「だらだらと五人衆で争っているときではなかろうに」

お京がつぶやくと、平助は幼い顔をほころばせて馬の首をこちらに向けた。

「それならば、お京様が天草を、お出にならなければ」

「何を申している」

「姫様がお美しいゆえ、どこも皆、姫様を欲しがって、おるのです」

ちらりと見返すと、平助はわがことのように得意げにうなずいた。

平助は形のいい二重瞼《ふたえまぶた》をしているが、笑うと親にはぐれた子犬のように見えることがある。じっさいに二親をいくさで亡くしているから、お京は自分でも、平助の姉か母のように思うことがあった。

「久種様が、申しておられました。姫様を嫁にやれば、上津浦とも志岐とも、すぐ手打ちだと」

「やはりそのような愚かなことを申されるのは兄上か。あのいくさ嫌いの及び腰には困ったものじゃ」

お京は腹が立って、乱暴に手綱を引いた。

久種は優しいばかりの温厚な質《たち》で、わずかも叔父の種元に似たところがない。種元は天草でも指折りのいくさ巧者で通り、華々しい手柄話も多い武将だった。

お京はふたたび東に目を向けた。鎮尚は天草最大の領主だから、今日も勝ちは決まったようなものだ。

「平助は、豊後の大友宗麟様を訪ねた日のことを覚えているか」

ああ、と平助が大きくうなずいた。

「あのときも、姫様はたいそう、お美しいと騒がれて」

「今に九州が天草へ乗り出して来るかもしれぬ。父上も兄上も、このようなところでいくさを繰り返しておられてはならぬ」

九州では大友と薩摩の島津、肥前の竜造寺《りゅうぞうじ》がしのぎを削り、明日にも天草へ触手をのばしてくるかもしれない。

そのいっぽうで敵の上津浦氏は天草氏と同じく、太古の昔にそろって大陸から渡ってきた一族だから、もとは兄弟にも等しかったのだ。それがこのところは天草家が北進している兼ね合いで、争うことが増えてしまった。

「おう、ならば手っ取り早く、お京が上津浦へ嫁いでやることじゃの」

威勢のいい声に振り向くと、叔父の種元が鎮尚たちと馬を並べて、すぐ後ろまで来ていた。

「そもそも、おぬしが上津浦など厭じゃと我儘を申すゆえ、我らも上島まで出張ってまいったのではないか」

種元は笑って指でお京の額を小突いた。この叔父はお京の亡くなった母の弟にあたり、会えばいつもこうしてからかってくる。

「叔父上の申される通りじゃぞ。誰のせいでこんなことになったと思っておる」

兄の久種もさっそく唇をとがらせて、声にまで険《けん》があった。

お京にはこのところ縁談が降るようにあり、上津浦とは嘘かまことか、それがこじれたのだという。

「兄上、せっかくでございますが、私は上津浦の領分ごときと引き換えに嫁ぐつもりはございませぬ。そもそも天草島というからには、父上が全部治めておられるはずの島でございましょう。わが天草家の領分、一日も早う取り返さねばなりませぬ」

天草家は少なく見積もっても一万四千石という島最大の禄高だ。こたびのいくさでも、兵の数ではこちらのほうがずっと勝っている。

「さすがお京は意気盛んじゃな。当家の男どもは負けておられぬぞ」

叔父の種元は豪快に笑うが、久種は眉を曇らせている。

「私はそのようなことを申しておるのではないのだ、お京。島でつまらぬいくさを続けておっては、無駄に土地が荒れるばかりであろう。今に見よ、我ら五人衆が共食いしておるあいだに、島津あたりが天草を丸呑みにするぞ」

「なんと兄上は意気地のない。島津など、上津浦の次に攻め滅ぼしてやればよいのでございます」

お京がつんと上を向くと、鎮尚と久種は顔を見合わせて苦笑いを浮かべた。

「まこと、お京が男であればのう。ああ、久種と逆ならば儂も果報であったわ」

「いかにも仰せの通りですな、父上。なんとも面目次第もございませぬ」

久種も根は陽気な質だから、笑って額を掻いてみせた。

父はそんな久種をからかい半分、いつもその弱気を受け流してきた。どうも天草家は覇気《はき》のない跡継ぎの久種を、鎮尚と種元が脇から支えるようにして保たれている。

「とは申せ、有馬や松浦までがやって参るとはな」

種元が馬の背で器用に胡座《あぐら》を組んで言った。いっぽうの久種は、馬の首を押さえるのにも苦労している。

「叔父上は呑気が過ぎますぞ。麟泉の志岐家は栖本家とは同族ゆえ、私はてっきりこちらへ付くと思うておりました」

「そのようなことあるはずがなかろう、久種。儂とて、麟泉とだけは陣を同じゅうしとうないわ」

鎮尚が言ったとき、種元がちらりとお京に目をやった。

「そなたのせいで、今に天草はいくさが絶えぬようになる。まったく、そなたはなにゆえこのような島に生まれた。とっとと島の外へ嫁に行くがよいわ」

「叔父上。私は生涯、天草から一歩も出るつもりはございませぬ」

お京は冷ややかに言って敵の陣を睨んだ。

この世に天草ほど豊かで美しい島はない。お京は霊山の峯から昇る日も西の海に沈む夕日も、この髪を撫でる風も、島にある全てを心の底から愛している。天草の女たちは子を宝のように大切に大らかに育てるから、女たちも夫からそれと同じように愛されて暮らす。天草は元来、いくさには不向きな土地なのだ。

ふと種元もまたそんな天草の男の一人だと思って叔父を見た。

この叔父の働きで本渡はどうやら天草氏の領分として定まったが、上島ではそれが棚底や島子《しまご》だから、その二つを天草氏が手にするまで五人衆の争いは終わらない。九州に手を出されたくなければ、天草家が早く島を統一してしまうほかはない。

種元が胡座に肘《ひじ》をたてて溜め息をついた。

「お京にはなんとか、京大坂あたりの城で栄耀栄華に暮らす道を探ってやらねばならぬであろうな」

「ならば叔父上が天草をくださいませ。私が欲しいのは天草だけでございます」

お京は種元に勝ち気に言い返した。他には何もいらぬと顔を背けたとき、鎮尚がやれやれとため息をついた。

「当家は種元がお京を甘やかすゆえ困ったものじゃ。そなたはそのような大口を叩く前に、その長い髪をどうにかせよ。いくさ場で気ままに風になびかせておっては矢の的になる」

「父上の申される通りだぞ、お京。髪自慢ならば城へ戻って、侍女どもとやっておれ」

「まあ、兄上まで。城に戻られるのは兄上のほうでございます」

お京は顔を向けもせずに前へ目を凝《こ》らした。上津浦の軍勢はわずかにこちらへ進んでいるようだ。

「父上、あれは何でございましょう」

お京は腕を上げて上津浦の軍勢を指した。敵の中央に、黒光りする太い筒を肩に載せて横一列に並ぶ足軽たちがいる。

「三十人ほどでしょうか。騎馬の前で座り込んでいるようでございます」

鎮尚が手庇を立てて身を乗り出した。

「あの旗指物は平戸の松浦家じゃな。上津浦の奴ばら、まこと肥前にまで、合力を頼みおったか」

「愚かなことでございますな。これでは上津浦が勝てば、肥前が天草の土地を取ってゆくのではないか」

久種が大げさに肩を落としたときだった。

上津浦の騎馬の足元でそろって白い煙が立ちのぼった。見間違いかとお京が首をかしげると、すぐに煙は消えて足軽の抱えていた黒い筒がその奥に見えた。

突如、一陣の風が突き抜けたように馬がそろって首をこちらへねじ向けた。と同時に、すぐ傍らに雷が落ちたような轟音が鳴り響いた。

前へ向き直ろうとしたのと裏腹に、お京はいきなり頬を張られたように馬ごと地面に叩きつけられた。

「姫様!」

平助の悲鳴が聞こえた。

お京はあわてて身を起こした。だが地面に手をついたつもりが、そこは横たわった馬の首の上で、手のひらがぬるりと熱いものに突っ込んだ。

驚いて手を離したとき、お京は短く叫んでいた。馬が白目を剝いて口から泡を噴いている。首からはどす黒い血が小さなしぶきをあげて、お京の髪の先がその血を浴びて赤黒く染みていく。

ひゅっと何かがお京の鼻頭をかすめ、鈍い音をたてて土にめりこんだ。お京はただ茫然と馬の傍らに足を投げ出して、髪が血に染まっていくのを眺めている。

「久種、退《ひ》け！」

鎮尚が叫んだとき、種元がお京の髪をつかんで横ざまに馬に担ぎあげた。

お京は目をしばたたいて、それでもどうにか馬のたてがみにしがみついた。

弓弦《ゆみづる》がたわむような音がそこかしこに響き、まるですぐそばから矢を射かけられているようだ。地面に何かがめりこんで次から次へと土が撥ね、あちらにもこちらにも無数の穴が空いている。

「父上、これは」

久種が姿勢を低くしながら強張った声で尋ねた。

「鉄砲じゃ、久種」

「鉄砲……」

その言葉を、お京はたしかどこかで聞いたことがある。

「松浦でございますな。儂も見たのは初めてじゃ。平戸は南蛮船が幾度も荷を下ろしておりますゆえ」

種元がお京の背を押さえて振り向いている。

「ではあれが噂に高い、南蛮人がもたらしたという武器か。なんと遠くから的を射るものでございましょう。まるで手妻《てづま》のような」

「案ずるな、久種。一度撃てば、次は四半刻も使いものにならぬというぞ」

鎮尚を先頭に、種元たちは全力で駆けている。蹄《ひづめ》の音が高くなるにつれ、不気味な轟音も少しずつ遠くなっていく。

――南蛮人は、まるで手妻を見るようじゃ。姫もそう思わなんだか。

幼いお京にそう言ったのは宗麟だ。

ともに宗麟の広間に招かれていた南蛮人が、拝謁の途中でとつぜん日本の言葉を滑らかに話しはじめたときだ。

――此奴はここへ来てまだ十日じゃ。最前まで口がきけなんだではないか。のう、そなた、儂の申しておることが分かるのか。

宗麟が身を乗り出すと、あの南蛮人は即座に笑ってうなずいた。

――皆様の話を聞きたいと、懸命に祈っておりましたゆえ。

幼い姫を人質に取らぬとは良いことをなさいますと、通詞も介さずに話しかけてきた。お京をこのまま連れ帰れと宗麟が言ったのはその直前のことで、通詞はまだ口を開いてもいなかった。

あの南蛮人の名はたしかザビエルといった。遠い異国から大きな商船に乗り、日本へ天主教を広めるために来たそうで、宗麟はかわりに印度《インド》という国へ、その通詞をつとめた家士を遣わすことになった。

ザビエルは美しい栗色の髪をもち、お京がうっとりと眺めていると微笑んで指を髪に絡ませた。

――これほど見目麗《みめうるわ》しい姫がおわすとは、天草はさぞ美しい島でございましょう。

南蛮人はお京の髪自慢を見抜いてからかったのかもしれなかった。

――天草は宝の島にございます。五人衆はいくさなどやめて、早う一つに結ばれるがよい。

そのとき宗麟が笑い声をあげてザビエルを皮肉った。

――ならば南蛮人は鉄砲など売らぬことじゃ。あれは今に、日本のいくさをがらりと変えおるわ。

あの場では鎮尚も、鉄砲の噂を聞いたことがあると言っていた。外見は吹き矢に似た竹筒のようなものだが、その先から飛び出すのは鋼の弾で、軽く一町も離れたところからやすやすと人を打ち倒すという。ただ、その元となる火薬を作るための硝石は南蛮船からしか手に入らなかった。

宗麟の広間でお京が大人たちの顔を見ていると、ザビエルは淡い色の目で笑いかけてきた。

高い鼻に、額から落ち窪んだ奥に輝く大きな瞳、そして太く濃い眉と、まばたきをすれば音が聞こえそうな厚い睫毛《まつげ》をしていた。しかも横顔の彫りの深さは、お京がこれまで会ったどんな男の顔とも異なっていた。

重そうな一枚布でできた漆黒の衣を身にまとい、腰には金色に輝く帯を巻いていた。広間はザビエルの衣が放つ芳香に満ち、お京は鼻がつんと痛かった。

――神への愛のためだけに南蛮船を遣わす者はない。

ザビエルは囁きを残して広間を出て行った。

「いつまでしがみついておる」

ふいにお京はぽんと肩を叩かれた。

「男勝りも今日を限りにするのじゃな。せっかくの顔が醜うゆがんでおるぞ」

「まことですな、叔父上。これでは馬に載せた骸《むくろ》ではないか」

後ろから久種の明るい笑い声もした。

お京はまだぼんやりして、つい癖で髪に指をやった。いつもはさらりと流れる髪にいやなぬめりがあって、ようやく我に返った。

しっかり馬のたてがみを摑んでいたつもりが、手には何も持っていなかった。だらしなく手足を伸ばして腹ばいで馬の背に引っ掛かり、まるで鞍のようだった。

「これに懲りて、もういくさ場には出るな。ほんに足手まといな奴じゃ」

横から鎮尚に尻をはたかれて、お京はあわてて馬から飛び降りた。いつの間にか周囲は天草家の家士ばかりで、どっと笑い声を浴びせられた。

「さあ、鉄砲も弾が尽きたろう。今のうちじゃ、儂に続け！」

種元がまっさきに馬を前へ向けると、大きな鬨《とき》の声が上がった。

その後から父と兄が、そして皆がいっせいに駆け出した。

お京はただそれを見送ることしかできなかった。袴の内ではまだ足が震え、耳には雷のような轟音がこだましていた。

「姫様、もう二度と、いくさ場へ出られてはなりませぬ」

振り向くと、平助が小さな拳でぎゅっとお京の袴をつかんでいる。

平助は二親を亡くしてからあまり上手に口がきけなくなった。懸命に話しかけても、舌足らずのせいで周りはあまり聞き取ってやることができない。しゃべるのだけを聞いていると三つか四つの子のようで、そこがまたお京にはいじらしかった。

お京はまだ背丈の小さな平助のそばへ膝を抱いてしゃがんだ。

いくさ場を振り返ると種元の兜《かぶと》がここまで光を弾き、敵の中を縦横に駆けているのが見える。

平助がお京の目の先を追った。

「種元様ほど勇ましい武将は、天草にはおられませぬ」

少しずつお京の耳から鉄砲の音が消えていった。種元が高く槍を上げたとき、天草家の鬨の声がここまで響きわたってきた。


「父上、まいりますか」

麟泉が夕日を浴びた峯を見上げていると、諸経がためらいがちに声をかけてきた。

気がつけば日はずいぶん橙《だいだい》に染まり、海へ出るには少し急いだほうがよかった。上島から志岐城まではあらためて船に乗らねばならない。

「あの山は、天草家が信奉しておるそうじゃな」

染岳《そめだけ》に指をさし、諸経は目をすがめた。

「天草の山々は霊山でございますゆえ、阿蘇辺りから真言密教の山伏どもが踏破しておると聞きました」

諸経はさして気も向けずに馬を歩かせ始め、麟泉もその横に並んだ。

「やはり天草鎮尚のいくさは巧みであったの」

「なに、父上も負けてはおられませんでした。これで小島子《こしまご》は上津浦家の領地となりましょう」

「上津浦が取ったとて嬉しゅうはないわ」

麟泉はぷいと顔を背けた。どうせ大島子《おおしまご》は鎮尚が押さえてしまう。

鎮尚には結局また勝てなかったのだ。鎮尚とは年も近く、それぞれ豊後の宗麟と誼を通じ、麟泉はその一字までもらっていたが、これはどちらも豊後からは攻められぬという起請文《きしようもん》を得たにすぎない。

「それにしても鉄砲には驚いたものだな、諸経」

今日のいくさでは、島に初めて鉄砲の音がとどろいた。麟泉は平戸の松浦氏と横一列に並んで陣を張っていたが、あの轟音には馬から転げ落ちるところだった。

驚いたのはその音だけではなかった。硝煙という鼻を刺す鋭い煙の臭いに、弾が飛び出すときの大地の激しい揺れ、そしてなにより撃った足軽たちが反動で後ろへ吹き飛ばされるさまは、こちらの進軍も忘れて馬を抑えているのがやっとだった。

そうしてどうにか気を取り直して前を向いたときには、すでに敵の兵たちはなぎ倒されて血を噴いていた。大村純忠が軍扇を振り上げて下ろす、ただそれだけの短い間のできごとだった。

「あのような武器を竜造寺や島津が手にすればどうなるのであろうな」

竜造寺と島津は、宗麟ともども九州で覇《は》を競っている巨大な領主である。彼らの軍勢も今はまだ九州にかかりきりだが、五人衆のいずれかが援助を乞えば、九州を切り取る合間にこちらを攻めぬともかぎらない。

なかでも竜造寺は肥前を徐々に圧迫し、南へのさばってきている。肥前の島原を過ぎれば真っ先に上陸されるのは下島の北、すなわち麟泉の支配地だ。

麟泉は苦々しい思いで諸経に目をやった。

島原にいる高齢の有馬晴純が倒れれば、竜造寺が志岐家に至るのはわずか数日のことかもしれない。竜造寺家の当主、隆信《たかのぶ》はまだ三十過ぎという若さで、残虐のあまり女子供でも容赦なく手にかけるともっぱらの風聞なのだ。

今日の鉄砲で麟泉はつくづく考えた。他国者に我が物顔で鉄砲など撃たせていては、先々この島は碌《ろく》なことにならない。島のことは島で差配しなければならない。

このたびのいくさでもまた決定的な勝ち負けはつかなかった。島は昔から小勢でのいくさを繰り返すばかりで、互いの麦が実るのを待っては畑を荒らし、五人衆の力加減も年々歳々、さしたる差もつかないままだ。いつまでもこんな争いを続けていては、今に天草は、島津なり竜造寺なりに呑まれてしまう。五人衆が手を結ぶのがなによりだが、それはどうも上手くいきそうにない。

つい腕組みになったが、諸経は純朴そのもので、無心に目を見開いてこちらを振り返っている。

「さすれば父上はどうなさるのでございますか」

「まずは急いで志岐へ帰る」

「左様にございますが、そののちは如何なさいます」

「是が非でも南蛮船を志岐へ呼ぶ。わが志岐家が鉄砲を手に入れる」

他国者に鉄砲などを使わせてたまるものか。この島にとどろかせる鉄砲は、麟泉のものだけだ。

あの大きな南蛮船ですら、またたく間に落とした儂ではないか——

麟泉は馬の腹を強く蹴った。天草はいずれ五人衆で決着をつける。この麟泉が天草全島の領主となり、島を守るのだ。

梅の章

一

海沿いの坂を登っていると途中でふわりと甘い香りがして、おせんは駆け出した。兜巾の小屋の戸口のそばに植えた白梅が、きっと花を開いたのだ。

ここは日当たりのよい丘で、おせんの住まいはまっすぐ下りたふもとにある。辺りはずいぶん畑を拓き、中腹には井戸も掘っていた。

豊後から移って来たはじめの頃は畑も狭かったが、今では海際にまで広げて、朽ちかけていた井桁《いげた》も新しくした。小屋の周りには風避けに松の木を植え、隙間風が兜巾の蠟燭を消すこともほとんどなくなった。

アルメの南蛮寺を出て十年、おせんは小六と夫婦になり、天草の志岐で兜巾を手伝っていた。

麟泉の守る志岐は下島の北西にあり、海が近いとはいっても風はやわらかかった。向かいにある島原はわずかにそれて見えないが、沖にはときおり南蛮船が通って行った。

夫婦になった小六は今も変わらず無口でまめな働き者で、次から次へと畑を広げてくれた。時節によっては山へ行って樫の杣出しにまで加わったから、おせんは暮らしに追われることもなく、兜巾にも字書作りに専念してもらうことができた。おせんたちは畑を耕し、青い海を見ながら兜巾の小屋へ通って、ともに夕餉をとった。

豊後から志岐へ移ってきた当初は辺りの百姓に陰口をたたかれて悲しい思いもした。アルメは旅に出るとき兜巾の字書のためにいくばくかの金子《きんす》を渡していたが、ここへ来てすぐ畑や材木を買うのにそれを使ったから、兜巾はアルメの金子目当てでおせん夫婦を引き取ったと言われたのだ。

おせんは兜巾に申し訳なかったが、小六は明るく笑いとばした。

――俺らがたっぷりと働けば、そんなことはすぐに言われんようになる。それよりお前がたった一人で兜巾様のお世話なんぞしててみろ、兜巾様は破戒坊主と指をさされるところだったぞ。

まあ俺がいて良かったことだと、小六が得意げに顔を覗き込んで、おせんは恥ずかしくて目を伏せた。

小六とおせんはとても気が合って、なにより小六が兜巾のことを大切に敬ってくれるのが嬉しかった。今のおせんは、これ以上はないという満ち足りた毎日だ。

この十年のあいだに兜巾が字書を書いていることも少しずつ知られるようになり、南蛮人が訪ねて来ることも増えていた。

志岐にはトーレスという高名な司祭が暮らしていて、天草を訪れる南蛮人は必ず会いに来る。そのときわざわざこの丘を登って、兜巾にも会って行くのだ。

トーレスはザビエルとともに天主教を伝えた司祭で、まさしく夜空に燦然と輝く大きな星だった。日本で初めて、大村純忠という大名に洗礼を授けたのもトーレスだ。

志岐城には居館の外に三つの井戸があり、上の井戸は刀研ぎ、中の井戸はお茶の水、下の井戸は米研ぎの水を汲むと定められている。そのなかでもトーレスの足を濯《すす》ぐ水だけは上段の井戸から取ることになっているほどだった。

だから兜巾もいっときはトーレスを訪ねようと考えていたが、畏《おそ》れ多いと言って止めてしまった。兜巾は司祭どころか、切支丹でもなかったからだ。

――トーレス様は大ザビエル師に巡り会い、日本の民ほど聡明で勇敢な者はないとお聞きになったのだ。それでこの国にも来てくださったそうだ。

いつだったか兜巾は、書き物の手を止めておせんたちに話してくれた。小六はすぐに兜巾の背にまわって肩を揉みはじめ、兜巾は礼のかわりに小六の手を軽く叩いた。

——おせんは、ヤジロウのことを覚えているか。

もちろん忘れるはずはない。酔って人を殺し、海に身を投げたところを兜巾に救われて異国へ渡った男だ。

トーレスが志岐へ来たのはザビエルがきっかけだが、そのザビエルが日本へ来たのは、ヤジロウと話をしたからだった。

異国へ渡ったヤジロウはザビエルの文字を見て、なぜ文字を上から下へ書かないのだろうと首をかしげた。この世には上からのみならず、右から書く国も、左から書く国もあると教わると、ヤジロウはいよいよ不可解に思った。

——人は頭が上に、足が下についております。それゆえ上から下へ書くのが道理ではございませんか。

ヤジロウはおどおどと消え入るような声で、かつて人に顔向けできない罪を犯し、幾日もただ筵をかぶって震えていたと言った。

そのとき、人というものは頭を上にして、足で立って生きるようにできていると諭された。体を寝かせてばかりでは血も巡らず、心の晴れようもない。ものを考えるならば起きて、頭を本来のところに置いてからにしなければならない。

そう諭されたと聞いて、ザビエルは数ある東洋の国から、日本を布教の地に選んだという。そんな日本の民にこそ、まっさきに天主教を伝えたいと考えたのだ。

神の計らいは深遠だなと、あのとき兜巾はおせんに優しく笑いかけた。人を殺したヤジロウにさえ、神はそんな大きな役目を果たさせたのだ。

おせんは天に向かって大きく息を吸うと、小屋の手前で井戸の水を瓶《かめ》に移し替えた。兜巾がしきりにヤジロウの話をするのはおせんのためだが、今のおせんは別のことにも気がついている。

頭が上についている人間は、しっかりと立ち上がってから考えろと言ったのは兜巾だったのだ。

「雨に濡れて、露おそろしからず……」

おせんは笑ってつぶやいてみた。

——さあ、いつまでもそんなところに手をついているな、おせん。考えるのは後回しだ。まずは立って、そこを出てからだ。人は、頭が上にあるのだからな。地面に伸びておっては、ろくな考えは浮かばんぞ。

兜巾はそう言って、この汚れた手を引っ張って起こしてくれた。

おせんは今また涙がこぼれそうになって、あわてて水瓶を腹のところに持ち上げた。

そういえば身重のときは、水汲みは小六がやってくれて、おせんはつくづく小六と夫婦になれて良かったと思ったものだった。

身二つになればそんな大切なことも長い間忘れていたのだから、おせんはもっと感謝しながら暮らさなければいけない。

兜巾の引き戸の前に来ると、洗い物が干してあった。おせんが瓶を置き、匂いに誘われるままに戸口の脇へ行くと、まだ細い白梅の木が、小さく二つ三つと蕾《つぼみ》を開いている。

この白梅はアルメの南蛮寺を出るときに庭の枝を譲られたものだ。初めの年と次の年は咲かなかったが、今では冬の終わりに毎年たくさんの花をつける。

そっと枝に触れて頬を近づけたとき、小屋の中で物音がするのに気がついた。兜巾ともう一人、南蛮の訛《なま》りで話している男がいるようだ。

「兜巾様？」

戸板を細めに開けて中をのぞいたとき、おせんはあっと声を上げた。

「アルメ様、いつお戻りになったのでございますか」

思わずおせんは小屋に飛び込んでその腕にしがみついた。

志岐に来てからのおせんは、いつも朝日が昇ると京の方角を向いて、アルメがつつがない日を送ってくれるようにと手を合わせてきた。

「アルメ様、私はもう、生涯会えないのだとばかり」

「そんなことがあるものか。小六にも、そなたの娘にも会いたかったのだ。兜巾殿に聞いたぞ、千《ち》づるというそうだな」

夢中で涙を拭ってうなずいた。おせんと小六には長いあいだ子ができず、昨年ようやく授かったのが娘の千づるだ。どんなにひ弱な赤児かと案じていたが、丈夫に育ってくれている。

「アルメ様、戸口の梅をごらんになりましたか。豊後の乳児院で咲いていたものでございますよ。皆が天草へ行っても忘れないようにと、分けてくれたのです」

次から次へと豊後の日々が瞼に浮かんだ。幼かったお花たちは今時分どうしているだろう。だがあの白梅が見事に咲いたのだ、きっと元気で暮らしているはずだ。

「アルメ様、志岐にもお連れしたいところがたくさんございます」

おせんの口は止まらなかった。小六と拓いて大きくしてきた畑も隅々まで見てもらえば、兜巾の暮らしぶりが分かってもらえる。

「まあそう慌てるな、おせん。まずは湯でも沸かしてくれないか」

兜巾に言われて、あわてておせんは立ち上がった。瓶は放り出したままで、振り返ると戸口も半分開いたままだ。

おせんは瓶を小屋に引き入れると、急いで燧石《ひうちいし》を叩いて火を熾した。板間ではアルメがさっそく兜巾の机に顔を近づけている。

「十年でここまでになさるとは、さぞご苦労なされましたでしょう」

「いや、おせん夫婦が細やかに手伝うてくれますゆえ、はかが行くようになりました」

おせんは土間で背を向けて、そんな話を嬉しく聞いていた。

ずいぶん長くかかって湯が沸き、おせんは茶を淹《い》れた。よほど喉が渇いていたのだろう、アルメはすぐに湯呑みに手を伸ばした。

「実はしばらく筑後に行っておりました」

「筑後へ？　それはまた」

「兜巾殿は、シルヴァ様の名を聞かれたことがありますか」

「さて。耶蘇会の御方でございますか」

アルメはうなずいた。

「ずっと筑後におられたのだが、数年前に亡くなられました。耶蘇会士として日本で亡くなった初めての方です」

南蛮で生まれ、十代のうちに日本へ布教に来たという。日本の言葉を教えてくれる人はいなかったが、それでも高僧と宗論のできるように、寺に通って言葉を学んだ。

だが南蛮人の司祭に心を開く僧はほとんどおらず、シルヴァは遠い道を歩いて親切な僧を見つけ、冬は凍てつく川を素足で渡って日本の言葉を身につけた。

アルメはそっと胸で十字を切った。貧しく苦労の多かったその暮らしが、シルヴァの命を縮めたのだ。

「その御方のなさっていたことが兜巾殿と全く同じでした。シルヴァ様は、後に続く者たちのために字書をお作りになっていた」

「そのような。私など足下にも」

兜巾は畏れ多いと首を振った。アルメは深々と頭を下げて、兜巾の紙片に手を伸ばした。

「筑後で暮らしておられたのに、シルヴァ様は兜巾殿のことをご存知だった」

兜巾が驚いて顔を上げた。

「同じ志の者が日本にいると、病の床でたいそう喜んでおいででした。もはや思い残すこともないと申されて……」

アルメは筑後でシルヴァを看病し、看取ってきたという。

茶を飲み干して、アルメが背負子《しょいこ》の口紐をほどいたとき、急に兜巾の小屋が明るくなった。ちょうど兜巾の文机《ふづくえ》の前に小窓があるが、アルメの背負い袋からは、その窓と似た光が差している。

「私はシルヴァ様から字書を託されてまいりました」

アルメは藁紐《わらひも》で綴じられた厚い帳面を取り出した。

摺りも厚みもまちまちの紙が、左端のところで縢《かが》ってあった。束の厚さはおせんが指を広げてつまめるほどだろうか。大きさはちょうど小六の手のひらを二枚合わせたくらいだ。

外見は兜巾の字書と似通っていたが、シルヴァの字書には日本の文字がない。

「そしてもう一つ。トーレス様よりお預かりしてきたフェルナンデス様の文典です」

「文典？　語法を説いた書物ですか」

アルメはうなずいて、ふたたび背負い袋に手を入れた。

フェルナンデスはザビエルの通詞をした商人で、トーレスとともに日本へ来たという。最後は司祭として平戸でみまかったが、日本へ来る前からヤジロウに教わって少し言葉ができた。

表紙の色も大きさも異なるが、こちらは兜巾の字書のように、日本と南蛮の言葉が並んで記されている。それもまたおせんには澄んだ白い光を放って見える。

「ふしぎなものでございます。誰もが皆、京大坂にまで旅立ちながら、終《つい》の棲家《すみか》を求めるように九州へ戻って参られる。わずかでも西洋が近いからでしょうか」

まるで人ごとのように話しているが、人にとって、故郷はそれほど帰りたい場所なのだ。それなのに南蛮の司祭たちは皆、こんな遠い異国に骨を埋《うず》める。

「トーレス様が、この文典も兜巾殿にお渡しするようにと」

「滅相もございません。トーレス様こそ、お役立てになるべきだ」

兜巾は即座に手を引っ込めたが、アルメは黙ってその帳面を兜巾の膝に置いた。

一人で長い夜道を歩きはじめたとき、兜巾がしるべにした星は、ヤジロウをかくまっていた二十年以上も前に南蛮人の商人が置いて行った字引だけだ。それをもとに、苦心してアルメたち南蛮人から生きた南蛮の言葉を集め、おせんたちからは日々の話し言葉を聞いて補ってきた。

ここでもしもシルヴァたちの字書を譲ってもらえたら、兜巾の字書はもっと言葉が増え、南蛮人にも日本を深く知ってもらうことができる。

アルメは兜巾の膝の上に二冊の字書を重ねた。

「耶蘇会はおのおの見聞を出し合い、融通し合って、個々の力を倍にも三倍にも活かしてきたのです。私も一人では布教などできません。思いを同じくする多くの会士たちの支えがあってこそ、道はどこまでも続きます」

耶蘇会にも異国の言葉が不得手な者もいる。それを互いに助け合い、分け与えることによって伝道することができる。

「志岐のトーレス様は病が篤《あつ》い。もはやご自身では言葉を求めて歩くことも、書き物をすることも、おできにはなりません」

兜巾はぐっと唇を噛んだ。トーレスが悪いという風聞はおせんたちのところにも届いている。

すでに昨年、トーレスは耶蘇会に自らの代わりを遣わすよう文を書いていた。だから次の南蛮船には新しい司祭が乗っているはずだ。

アルメは海風に耳を澄ますように窓のほうへ耳を傾けた。南蛮船は夏の季節風で日本へ来て、冬の北風とともに帰って行く。トーレスに代わる司祭が来るのはもうすぐだ。

「兜巾殿。西洋人の手で書かれたものが、日本の力を必要としているのです」

アルメは兜巾の薄い手のひらを字書の上に置いた。

「兜巾殿より相応しい者が現れたときは、神がその者の手に委ねます」

兜巾の手の中で、積み重ねられた紙が息をするように強く弱く光を放っていた。


丘を下って行くとき、小六が遠くからアルメを見つけて走って来た。

泥だらけの頰かむりをあわてて外して前にうずくまった小六を、アルメはわざわざしやがんで労《いたわ》ってくれた。

――なんと広い畑を拓いてくれたことか。紙をそれはたくさん買ってくれると、兜巾殿も喜んでおられた。

小六もおせんも胸がいっぱいになって、泣かずにいるのも大変だった。小六に傍らの籠に入れられていた千づるだけが明るい笑い声をあげて、抱き上げたアルメに嬉しそうに小さな腕を回していた。

おせんはアルメとともに幾度も丘の千づるたちを振り返り、一歩ずつ踏みしめるようにして袋浦《ふくろのうら》の湊へ出た。

志岐氏の湊である袋浦は対岸に島原が見え、南蛮船が嵐を避けて入って来たこともある。西側の砂嘴《さし》でつながった島が外海の波風をさえぎるから、まるで袋に入ったように海が静かだった。

アルメはここから船に乗り、下島の西を廻って天草氏の河内浦《かわちうら》へ行くという。袋浦が下島の北の湊だとすると、河内浦の軍ケ浦《いくさがうら》は南の湊で、あちらも入江になっているから高い波は立たない。

天草五人衆は昔からおのおの整った湊を持ち、それを足場に遠い海へ繰り出して行った。

そうやって海と生きて来たから、天草の人々は巨大な南蛮船が現れても驚かなかった。その船から顔も髪の色も、衣服もまるで異なる人々が下りて来ても近寄って行くことができたのは、海の果てしなさを知っていたからだ。今ではこうして南蛮人と並んで歩いても振り返る者はおらず、小六といるのと変わらない。

「小六はよく働いてくれるようだな。おせんが仕合わせに暮らしているのを見て、私もほっとした」

「何もかもアルメ様と兜巾様のおかげです。でもアルメ様、私は小六にまだ話すことができません」

「ああ」

軽くうなずいただけで、アルメは黙って歩いて行く。

千づるを授かったときもおせんはずいぶん苦しんだ。おせんのような者が人の親になっていいのかと今でも考える。

「アルメ様、私はこのまま小六をずっと欺《あざむ》いていて、かまわぬのでしょうか」

「小六はたとえ全てを知っても、何も変わらないだろう。私は、おせんが忘れるのが一番だと思うし、生きるとはそういうことではないかな」

「いえ、そのようなわけにはまいりません」

犯した罪を忘れるようなことはできない。

アルメは浜に向かって迷いもなく歩いて行く。

「おせんの喜びも苦しみも、神はすべて知っておられる。神のほか、私にも兜巾殿にも分け持ってやることはできないのだ。だから夫婦でも、何もかも小六に打ち明けなくてもよいだろう」

それでも小六がともにいてくれるか試したいというなら別だがと、アルメはからかうように微笑んだ。

おせんはあわてて首を振った。小六のまごころを疑うなど、それだけで罰当たりなことだ。

「ヤジロウは人を殺め、大ザビエル師に巡り会った。ヤジロウが日本で力尽きていたら、この国に天主教が伝わることはなかったのだ」

人はともかく歩いてみなければならないと、アルメは笑っておせんの肩に手を置いた。

沖で大きな船が待っている。

「兜巾殿をよろしく頼んだぞ、おせん」

アルメが艀《はしけ》に乗り込むと、船頭がすっと舟を出した。

「アルメ様」

声を張り上げたとき、アルメが笑って大きくうなずいた。

「小六によろしくな」

アルメは明日も会えるかのように軽々と旅立って行く。はるかな南蛮から来たアルメには、別れというほどのことでもないのかもしれない。

おせんは立ち去ることができず、アルメの艀が見えなくなるまでずっと手を振っていた。

二

河内浦の軍ケ浦は、天草氏が昔から水軍を養ってきた大切な湊だ。

親を亡くしたばかりの平助が初めてここから船に乗ったとき、お京は海が荒れないか心配で毎日ここまで来て帰りを待っていた。

あのとき平助は全く話すことができなくなっていて、海へ出れば心も開けると鎮尚が言って、強引に連れ出したのだ。

お京は朝から晩まで浜辺の漁師小屋で平助の帰りを待ちながら、漁師の女房たちの干し魚作りを手伝った。はじめはあまりの臭いに気が遠くなりかけたが、村ではお京よりずっと幼い少女も働いていたから、己だけがぼんやりと海を眺めているのは厭だった。

浦に通うのも三日目になるとお京は魚の臭いにも慣れて、漁師の女房たちからは小刀を使うのが上手いと褒められた。女たちは明るいおしゃべりが多かったが、男たちが海へ出るのはいくさへ行くのと同じように帰って来るかどうか分からない、心細いことなのだと初めて知った。

四日目の夕刻、平助を乗せた鎮尚の船が戻って来た。

海の先に帆影が見えたとき、お京は転がるように浜へ駆け出した。鎮尚の船は風を切ってぐんぐん大きくなり、すぐ浜に入った。

――姫様！

船を下りた平助が遠くから叫んだとき、お京は砂に足を取られた。すぐに平助が駆け寄ってお京を抱き起こした。

——平助は口がきけるようになったのか。

お京がつぶやくと、平助はうんうんと元気よくうなずいた。まだあまり声は出なかったが、お京にははっきりと聞き取ることができた。

漁師の男が島原の様子を聞くと、平助は大きく笑って一つ息を吸い込んだ。

——姫様ほど美しい御方は、いません、でした。

漁師やその妻たちがどっと笑い声をあげて、それはよく見て来たことだと平助の肩を叩いた。

あれから十年が経ち、永禄十二年（一五六九）の春、お京はまた平助を連れて軍ケ浦へやって来た。お京は二十六の今も嫁に行かず、平助を弟のようにどこへ行くにも供にしていた。

鎮尚の城下、河内浦では一昨年の暮れにアルメが伝道に訪れていた。鎮尚は洗礼を望んで久種ともども潔斎《けっさい》して待っていたが、城下で寺社が反発し、あっけなく城を追われた。鎮尚はお京たちを伴って本渡へ落ち延び、一年近くも帰ることができなかった。

本渡で二度の冬を過ごし、この春になってようやく鎮尚も河内浦へ戻って来た。そして今日はふたたびアルメが訪れる。

軍ケ浦に下りたアルメは、浜辺でお京たちを見つけると笑って手を挙げた。

「姫、そして平助も。ついにこの日が来ましたか。お京様にはお変わりもなく、つつがなくお過ごしのようで安堵いたしました」

黒い衣の袖に両手を入れ、アルメはうやうやしく辞儀をした。

「ようこそおいでくださいました。変わらぬなど、とんでもないことでございます。私もずいぶん年を取りました」

「何を仰せになられます。お京様は今こそ盛りのお美しさでございます」

南蛮人はいつも衒《てら》いもなくお京の器量を褒めるから、そこまで達者な口がきけない平助は不服そうに横を向いた。

平助は先ごろ元服をすませ、髷《まげ》も似合って涼しげな面差しになっていた。女子にもひそかに騒がれていたが、お京大事の一辺倒は相変わらずで、嫁を迎えるつもりはなさそうだった。

「それにしてもよくご無事で河内浦にお戻りになりました。あの折は、どうぞお許しください」

アルメは頭を下げたが、謝らねばならぬのはお京たちのほうだ。

天草では志岐麟泉が三年前に洗礼をさずかり、鎮尚も後を追うようにあわてて教理を学び始めた。お京は教理など二の次にしてさっさと南蛮船を呼べばいいと思ったが、父は兄を引き連れて真面目にトーレスたちのもとを訪ね歩いた。

切支丹になる心づもりができたとき、司祭を遣わすように頼んでアルメが来たが、いざ司祭が姿を見せると鎮尚の弟たちが離反した。そうとも知らずにのんびりと南蛮寺から帰って来た鎮尚は、いつまでたっても開かれない城の大手門を、外から茫然と見上げたのだった。

しかたなく鎮尚たちは本渡の種元のもとへ身を寄せ、どこでどう話をつけたのか、半年後に麟泉から援軍を受けて、河内浦から二人の弟を追い出した。

むろん弟たちを殺しはしなかったが、それからは同じ天草家といっても、頼れるのは嫡男の久種と本渡城の種元だけになった。

「鎮尚様は麟泉様と和睦《わぼく》なさったのですね。まことに祝着《しゅうちゃく》に存じます」

「本当にそうでしょうか。たしかに麟泉殿の助けで河内浦を取り返しましたけれど、代わりに大島子の城を渡したのですから」

大島子は十年前の上津浦とのいくさで天草家が手に入れた領分だ。それを麟泉に譲って、鎮尚は軍勢を借りた。

「それこそ何よりの良い兆しでございます。これを機に、五人衆が互いに手を取り合われるとよいですね」

二年前にアルメが来たために河内浦はいくさになったが、仇敵の志岐家の助力で内紛は鎮まった。

「ではアルメ様、父と兄の受洗はすぐに？」

「お京様はどうなさるのですか」

「私は」

お京は首を振った。天主の声が聞こえたことはないし、祈りにどんな力を貰ったこともない。切支丹になるつもりはなかった。

アルメは他意もなく微笑みかけてくる。

「やはり平助の口が治らぬことには、我らは受け入れていただけませんか」

平助は優しい顔でお京を見下ろしている。もう何年前か、豊後の宗麟の城でザビエルに会ったとき、平助の口を治してくれるなら切支丹になってもよいとお京は願をかけた。だが平助の舌足らずは変わらない。

「カブラル師は、どのようにおおせですか」

アルメからその名が出たとき、お京はうんざりと顔を背けた。つい先だって南蛮からやって来た新しい司祭が、お京は好きではなかった。

「カブラル様はすぐにも洗礼を授けるとおっしゃっています。ですが父は、アルメ様から授けていただきたいと心に決めておりますようで」

アルメは少し険しい顔でうなずくと歩き始めた。話は城でもできると思っているようだが、お京にはアルメにだけ聞いてもらいたいことがあった。それがカブラルのことだ。

「カブラルは生前のトーレスが自分の代わりに寄こすように頼んでいた身分の高い司祭

だ。南蛮の名門の生まれで、もとは軍人だったらしく、目つきは今にも矢を射かけるばかりに冷ややかで鋭い。黒い衣の下には腰紐で刀剣が吊り下げられていて、影法師にはいつも刀の形が浮き上がっている。

なにより物腰がいくさ場での父や叔父に似て、常に耳をそばだてているような恐ろしさがあった。

「カブラル師は、父上のような身分の者こそ切支丹になるべきだと、聞こえよがしに家士たちに仰せになるのでございますよ。平助など……」

お京は言いさしてそっと横を窺《うかが》った。

平助は動じぬ顔で、形のよい二重瞼を細めてお京に微笑んでいる。

「カブラル師は平助が出した茶を飲もうともなさらなかったのです。この子の口が拙《つたな》いばかりに、まるで獣が盆を運んで来たとでもいうように眉をひそめて」

今思い出してもお京は悔しかった。

かつてアルメが乳児院を作った豊後では、その人柄を慕って大勢が切支丹になった。だが広間でその話が出たときカブラルは、貧しく読み書きもできぬ、ものの数にも入らぬ者ばかりだと言い放った。

「私はカブラル師が嫌いです。日本の民ほど傲慢で貪欲で、偽りばかり申す者はおらぬそうでございますよ」

傲慢で欲深いからこそ、お京たちは早く切支丹になって神の許しを乞わなければならないという。気の強いお京は、それを黙って聞いている鎮尚たちを見ているだけで忌々《いまいま》しく、誰が洗礼など受けるものかと気持ちをかためてしまった。

アルメは静かにお京の話を聞いていたが、一度足を止めて振り返ったときはやはり笑顔になっていた。

「カブラル師は、日本では懺悔《ざんげ》を聴くのに六年かかると仰せになった御方ですから、無理もありません」

人々の懺悔に耳を傾け、神に代わって許しを与えるのが司祭の重い役目の一つだが、その者の言葉をしっかり解していなければできることではない。半分しか分からなければ聴いても益がないから、日本の民にはただ黙って洗礼を授けておけばいいという考えなのだ。

アルメは天主教の数珠を繰りながら宙を見上げている。

「神の教えを伝えるには十五年かかるとも、カブラル師は仰せになりました。それほど日本の言葉は難しく、使いこなすには歳月がかかる。日本の民を敬っておられるということです」

「そうでしょうか。カブラル師は己が最も偉いと思っておいでです。もとは南蛮のいくさ人だったのですから、劣った民を見つけた大将のおつもりでしょう」

お京はつい唇をとがらせた。幼い時分に母を亡くしてから、父たちには何をしても許されて育ったので、お京はいまだに思っていることは何でもすぐ口に出してしまう。だから嫁に行けぬのだと叔父の種元には言われるが、それは別の話だ。

「父は私が人の粗探《あら》しばかりするゆえ困ったものだと申しております。切支丹にもならぬお前は、さっさと島の外へ嫁げと」

ぷいと横を向いたとき平助と目が合った。平助は笑みを浮かべて、静かに馬の轡《くつわ》を引いている。

——父上はなにゆえカブラルの説く神など、お信じになるのです。

お京なりに、アルメに出会って切支丹になろうと思ったこともあった。そうすれば鉄砲もあっさり手に入るが、肝心の鎮尚は南蛮船を呼ぶことなど、いつの間にか後回しになったようだ。

人を見て迷うようでは信じているうちに入らないと父は言う。鎮尚はアルメを知ったから十分で、あとは幾人、どのような南蛮人を見ても信仰は揺らがぬらしい。

このところのお京は神の教えより、母の歌っていた今様のほうがよほどしっくりと身になじむと思っていた。

「仏は常にいませども、現《うつつ》ならぬぞ哀れなる……。人の音《こえ》せぬ暁に、ほのかに夢に見えたまう」

驚いてお京が見返すと、アルメは城の建つ山を見上げて心地よさそうに風に吹かれている。

「志岐に親しい友がいるのです。私たちのために生涯を費やして字書を作ってくれている。持てる物といえば筆と被り物のみで、自らも兜巾と名乗っているのですよ」

楽しそうに笑って、その友に今様を教わったのだと言った。

「日本というのはまことに豊かな国ですね。都はいくさばかりですが、せめて天草からはいくさの影が消えるように願っております」

日本が後の世に残さなければならないのは、兜巾の字書のような書物だという。兜巾がいつまでも天草で書き物ができるように、アルメは祈り続けている。

「兜巾殿も切支丹ではありません。私が誰よりも心が通うのは、その友ですが」

アルメはそっと胸で十字を切って、お京を振り向いた。

「やはり鎮尚様は、カブラル師から洗礼をお受けになるのがよろしゅうございます」

「父はずっと、アルメ様をお待ちしています」

アルメは静かに首を振る。

「カブラル師は日本の耶蘇会の布教長です。カブラル師にとっても、天草家の当主に洗礼を授けたとなれば箔がつく」

「まあ。アルメ様がそのようなつまらぬことを仰せになるとは」

お京が眉をくもらせたとき、アルメが微笑んで付け足した。

「互いのためでございます。これで南蛮船も河内浦へまいります」

「私は……。父は、カブラル師がアルメ様に無礼を申すのではないかと案じて、ここまでお迎えに参らなかったのです」

「どうか私にはお気遣いなさいませんように。おおかた察しはついております」

アルメが大股で歩くので、もう城が見えてきた。

河内浦の城は辺りを見下ろす山の上に建ち、かつてはお京たちもふもとの屋形で暮らしていた。城はいくさのときだけ籠もるものだったが、二人の叔父に乗っ取られてからは、日々の暮らしには面倒でも山の上で暮らすようになった。

はじめは大手門への道も均《なら》されていなかったが、鎮尚が戻ってから出丸や外城のあいだに道をつなぎ、できるだけ家士たちの住まいも山のそばに移動させてきた。

アルメが足を止めて城に手庇をたてた。

「ずいぶん立派な城になさったのですね」

「これからは真の戦国になると父が申しております。もはや五人衆で争うておるときではないと」

民たちのためにもそれがいいと、お京も思う。

幼い日に豊後で見た宗麟の巨大な城、あんなところに住む領主たちが本気で天草を攻めたらどうなるか。鎮尚が弟たちと争って城を乗っ取られたとき、そして奪い返したとき、どちらも命までは取り合わなかったが、これからのいくさはそれでは済まなくなると鎮尚は考えている。

山のふもとまで来ると、平助が轡を握って駆けて行った。馬は出丸の脇に小屋を建て、そこに繋ぐことにしてあるが、平助は小柄なうえに弁がたたないというので、誰よりも控えめに接する家士だった。

「アルメ様。饒舌《じょうぜつ》な者の口からは真実など伝わってまいらぬのではございませんか。あの平助など、目を見ているだけで心映えが分かります」

「なるほど。カブラル師は弁のたつ御方でございますか」

「あの方が日本の言葉を解さぬのは幸いでございました。あれで通詞も介さずに話すようになれば、河内浦はどれほどうるそうなりましょう」

カブラルは司祭たちが交易に関わるのを禁じたというが、誰より商いが巧みなのはカブラルだ。あの男の後ろにはたくさんの商人がいて、この天草に鉄砲を山のように下ろしていく。

「天草はどうなるのでしょう。私がこの島を離れればいくさがなくなるというのは、本当でしょうか」

この城を奪われて叔父の本渡城で暮らしているあいだ、種元からは顔を合わすたびにそう言われたが、お京は天草の日や風を浴びなければとても生きていけない。

　天草が宗麟の城下のようになれば、お京には他に欲しいものはない。アルメにはこの不安が分かるだろうか。

「アルメ様……。都では国を取るために娘を嫁がせるというのは、まことでございますか」

　天草一の鎮尚の娘が五人衆のいずれかに嫁ぐということは、島を天草家が支配するということだ。

　お京の嫁ぎ先と天草家が手を結び、他の三家を順繰りに呑んでいく。島では次から次へといくさが起こり、最後は天草家がお京の婚家も配下に置いて島に君臨する。そんな様変わりした天草家の姿は誰も望まないし、それで島が一つになっても、鎮尚の残虐さが末代まで語り継がれるだけだ。

「私はそんな姑息な手を使って天草家が島を手に入れるより、今のまま力の差がつかぬなら、つかぬままでよいのではないかと思うのです」

「お京様。都あたりの天下人は、女子一人を手に入れるために城を落とすこともありました。西洋でも、女子のために幾つもの町が焼かれたものでございます」

　アルメの言う通り、都や九州のいくさは天草とは違う。鎮尚や種元はそんな中央の事情もうすうす感じ取っているようで、お京にもそれが伝わってくる。

「領主の姫はみな、政略のために他国へ嫁ぎます。都ばかりでなく、すぐ東の九州も左様です。残念なことですが、都も九州もいくさは終わりそうにありません」

天草にはそうなってほしくない。これまで通り、五人衆がそろって島を分け持っているのが一番ふさわしい。

「アルメ様は大勢の人を救うために、故郷を捨てて日本へ来られたのですね」

それならお京も、それを見習うのが一番ではないか。天草におらぬほうがよいのではないか。

「お京様。人の身には、先のことなど分からないのですよ」

あまり案じるなと優しく微笑んで、アルメは大手門へ続く細い道を登って行った。


「遅かったではないか。おお、アルメ殿！」

広間から鎮尚が子供のように駆けて来てアルメの手を取った。

「ようこそおいでくだされた。ああ、どれほどお待ちしたことか」

鎮尚はそのままアルメの肩を抱えるようにして中へ入った。

河内浦の城は広間も板張りだが、皆が座る場所に小さな裂《きれ》を置いている。上段には鎮尚のために脇息《きょうそく》が置かれ、その横の裂にはすでにカブラルが腰を下ろしている。

アルメやお京のために下段にも裂が並べてあったが、鎮尚は自らの上段へアルメを導こうとした。アルメは鎮尚の手を力強く握り返すと、お京の脇へ座った。

暑い盛りの七月のことで、縁側の障子はすべて開けてあった。外には庭というほどのものはなく、一間ほどですぐ谷へ落ちてしまう。山自体それほど高くはないから、お京は幼いときからいつも、ここから一跨ぎで山を下りられそうな気分になったものだった。

明るく日が差して、軍ケ浦の浜辺がかすんで弓なりに見えている。アルメは南のあの海から島の西側を回って、志岐の城下からやって来た。

殺風景な広間の隅にはお京が見たことのない男がいた。アルメを迎えに出る前に会釈をしたが、どこの誰かは聞かされていなかった。

上背があって体つきはたくましいが、髷には白いものが混じっている。横顔は彫りが深いというのか、鼻筋が通って眉が秀でている。はじめからずっと伏し目がちなので、鎮尚と難しい話があるのかもしれない。

今もその男はアルメが入って来たのに顔も上げず、ぼんやりと胡座を組んで背を丸めている。どことなく叔父の種元に似ていると思うのはお京の気のせいだろうか。

「そなたがアルメイダか」

上段からカブラルが鋭く声をかけた。

「耶蘇会士が絹の衣を着ることは禁じたが、そなたは存じておるようだな」

アルメは丁寧に頭を下げた。

カブラルはお京に微笑んでみせることも忘れない。姫自ら出迎えに行かれるとはもったいないことだと、連れの通詞に労《ねぎら》いの言葉を伝えさせた。

「そなたが会に入るまでは、わが耶蘇会も清貧であった」

通詞がそう伝えると、鎮尚があわてて割って入った。

「いや、日本では高僧と会うのに貧相な身なりでは本堂へ上がれませぬ。高位の者と会うには絹が礼儀とされるゆえ、司祭方が日本の習いに合わせられたものにて」

「そうか。だが西洋でも、身なりを調《ととの》えて王侯と会うのは会の上の者だけだ。一介の司祭がつねづね絹をまとう必要はない」

広間にいる皆は黙ってカブラルの言葉を聞いている。アルメが交易で耶蘇会を潤してきたことも、巨富とともに耶蘇会に入ったことも、カブラルは快く思っていないのだ。

「アルメイダは鎮尚殿になかなか洗礼を授けぬそうではないか」

「カブラル師がこの地へ参られるのをお待ちしておりました。天草家は名門ゆえ、あとの切支丹たちを導くためにも、カブラル師から授かるほうがよいと存じます」

通詞がそれを伝えたとき、カブラルの唇は寸の間、笑みを浮かべた。

「鎮尚殿には洗礼を授けてよいな」

「はい、ぜひにも」

アルメは衣の袖口を重ね、恭しく頭を下げた。

「この天草では下島の北の領主、志岐麟泉殿も切支丹でございます。天草には五人の領主がおりますが、天主への信仰のもとに五人衆が手を結ぶことが肝要にございます。私はその仲立ちをしたいと考えております」

「分かった。鎮尚殿にはさっそく洗礼を授けよう」

カブラルが満足げにうなずくと、鎮尚は案じるようにアルメを見返した。アルメは大らかに微笑んで動じない。

「鎮尚殿のほかには、姫も？」

お京は針で突かれたように顔を上げた。

「姫はまこと、お美しい。しかも領民からも慕われておられる。姫が洗礼を授かれば、どれほどの民が続くであろう」

お京が口もきけずに目をしばたたいていると、鎮尚が取りなすように言った。

「私には世継の久種がございます。その者を先に」

「おお、それは何より」

カブラルは上半身を揺すって微笑んだ。

鎮尚があらためて手をついた。

「わが天草家はこの河内浦のほかにも本渡に城がございます。城主をつとめておりますのが義弟の種元にて、ゆくゆくはその者にも洗礼を授けていただきとう存じます」

鎮尚は誰よりも種元を頼りにしている。

種元は昔からずっとお京のことを分かってくれたのに、本渡城に身を寄せていたときは天草を出て嫁げとばかり言われて、河内浦へ戻る時分には口もきかなくなっていた。ついこのあいだまでお京の跳ねっ返りを楽しそうに見ていたが、あの一年はしょっちゅう城を空けては縁談を持って帰って来たから、お京はずいぶん寂しい思いをした。

――お前のような娘は高い城壁の向こうへ嫁ぐのがよい。外へも出られぬ城の奥深くで暮らせば、いくさ場の声に浮かれて野へ駆け出すこともない。お京は雅びた遠い国で、あでやかな着物を着て笑うておるのが似合いじゃ。

種元はいつもお京の顔を見てはからかって小突いてきた。それがいつから、ああもよそよそしくなったのだろう。前はお京お京と呼び回して、いくさ場で鉄砲に狙われたときは真っ先にかばってくれたものだ。

そのとき、ふいに客人の男と目が合って、お京はあわてて顔をそらした。

「私は本渡へ行って、種元殿にお会いするつもりです。ですが洗礼はやはりカブラル師にお願いいたします」

アルメがカブラルに頭を下げていた。

「あとは志岐の麟泉殿の城にも参り、五人衆が親しくなられるよう、まずは天草家と志岐家のあいだを取り持ちたいと存じます」

「ああ、それがよいだろう」

カブラルが慇懃《いんぎん》にうなずいた。

やがて鎮尚がカブラルに向き直った。

「カブラル様。こちらにおいでの御仁は肥後国の赤井城主、木山弾正殿《きやまだんじよう》にございます。この御方こそ、われら五人衆が一つになれるかどうかの魁《さきがけ》にほかならぬ」

鎮尚が思いがけないことを言ったので、お京はその男をもう一度眺めた。潤んで陰のある眼差しが、宗麟の城で会ったザビエルに似ている。

――神への愛のためだけに南蛮船を遣わす者はない。

じっと目を見つめていると、ザビエルの言葉がよみがえってきた。髻の白い後れ毛は宗麟のように清らかで、お京は手を伸ばして触れてみたくなった。

「弾正殿は、本渡城の種元がここへ遣わしましてな」

鎮尚がちらりとこちらを見たとき、お京は冷水でも浴びせられたように目が覚めた。

「それがしは切支丹となった上は、二度といくさはせぬ覚悟にございます。どうぞカブラル様もアルメ様も、これからの河内浦をごらんになってくださいませ」

鎮尚が深々と頭を下げるのを、お京は茫然と眺めていた。

河内浦の浜は遠浅でほとんど高い波がなく、海際で山が切れたわずかの平地に漁師が小屋を並べて暮らしている。小舟を使ってついそこの軍ケ浦まで行けば、南蛮船でも十分に錨《いかり》を下ろせる深さがあった。

外海と分かつ湾の奥深く、河内浦の真南に軍ケ浦はある。雨でもさして水かさの変わらない川が静かに注ぎ、お京はこの海が荒れるさまを見たことがない。

潮風は穏やかで、ここに立って髪をなびかせていると心の澱《おり》がすっきりと洗い流されていく。お京は器量を褒められても本気にしたことはなかったが、髪だけは人より美しいように思ったから、いつも束ねずに腰より下まで垂らしていた。

それなのに今日はせっかくの風にも眉をしかめるばかりで、髪など城で結ってくればよかったと四半刻もしないうちに悔いていた。

そっと横を見ると、男はお京に輪をかけたように不機嫌な顔をしている。

木山弾正はもう五十に近く、鎮尚とはさぞかし話も合うという年格好だ。肥後でずっと地頭職をつとめ、隣り合った小高い山に建てた二つの城を行きつ戻りつ、いくさばかりの暮らしが長かったという。今は赤井という山城に住み、もう一つの城は城代を置いたきりで、手も入れていないらしい。肥後のいくさは天草とは比べものにならない激しさで、竜造寺家にうるさく攻められていた時分に強固な城を求めて赤井城を造り、それが収まっている今は一つで十分なのだという。

なぜお京がこの浜まで弾正と来ることになったのか。思い当たるわけといえば一つしかないが、お京はそれを呑むつもりはなかった。

「弾正様は、わが父からどのように言われて天草へおいでになったのでございますか」

お京の気が強いのは生まれつきではない。これまで嫁に行かなかったのも我儘のせいではなく、お京なりの考えがあってのことだ。

「叔父の種元が何やら申したのでございましょう」

「ああ、左様」

弾正はお京の顔を見ようともせず、軍ケ浦の沖をぼんやりと眺めている。

お京はもう並の祝言をあげる年ではないが、かといって弾正とめあわせられるほどとうが立ってもいない。もとからお京には何かを堪えてまで嫁ぐ気はないのだから、種元もくどいことだ。

「弾正様は今日会ったばかりの私を妻にしようとお考えなのですか」

「いや、それは」

心底分からぬという顔で、弾正は首をかしげている。

お京は分かっている。弾正のような男がお京を拒むはずがない。

「私は、武者ぶりも人柄も分からぬ方の妻になるつもりはございませぬ。弾正様はどのように生きて来られたのでございますか」

「いくさ、ばかりでござって」

そんなことは知っている。お京は饒舌には虫酸《むしず》が走るが、朴訥《ぼくとつ》なばかりで気遣いの一つもできない男の機嫌をとるほど、しおらしくもない。

「さきほどから何をそう、目を凝らして見ておいでです」

弾正はこちらの顔色を窺おうともせず、河口に立つ丈《たけ》の低い木をじっと眺めている。よりにもよって種元がこんな男を選んできたかと思うと口惜しい。

「あの木は……」

弾正が指をさした。

「兜梅《かぶとうめ》と申します。よい香りの花をつけますけれど、実が生《な》りませぬ」

「実をつけぬ、か」

弾正はたどたどしく繰り返して、さらに目を凝らした。

「私がどうしてこの年まで片付かなかったか、お聞かせいたしましょうか」

途端に種元の顔が浮かんだ。お京は人からは美しいと言われるし、天草一の鎮尚の娘だから、嫁ぐ気になればいつでも小城の一つぐらいは手に入れることができた。

それが天草にいくさを呼ぶ気がして、踏ん切りがつかなかっただけだ。

「私は幼いときから、ずっと叔父が好きだったのですわ」

破れかぶれのように言ってちらりと目の端で弾正を見たが、弾正はどこ吹く風で海の彼方を向いている。

「叔父御と、申されるは」

「本渡城の種元でございます」

お京は袖の中で拳を握りこんだ。

種元は兄の久種よりも優しく大らかで、父の鎮尚よりも強かった。馬も弓も太刀も抜きん出て、軍略となれば種元に勝る者はないと鎮尚でさえ一目置いている。志岐家に近い本渡城がいまだに奪い返されずに済んでいるのも、種元がつけいる隙を与えないからだ。

本渡城の辺りは、この河内浦よりずっと栄えている。種元はそこから上島や大矢野島を通って軽々と肥後へ渡り、お京にはいつもきらびやかな品を誂《あつら》えてきてくれた。種元自らが都の綾錦が映える見場《みば》をして、剛毅で勇ましい。その叔父に名を呼ばれるだけでも、お京は心が弾んだ。

軍勢を率いたときの種元は、遠くからでもすぐ分かる。お京の男勝りも、すぐ頰をふくらませてすねるところも、種元からは誰よりも愛されてきた。

――そなたは今のままでよい。のびのびと大きゅうなって、儂の嫁にでもなるかのう。お京はきっと、どこの姫よりも美しゅうなるぞ。

まだ五つか六つの時分から種元にはそんなことを言われた。豊後の大友家へ人質に出ると決まったときは、いつか連れ帰ってやると言って、抱いて涙を浮かべてくれた。

「私はずっと、叔父を越える御方でなければと思うてまいりました」

お京は拳に力を入れて涙をこらえた。

種元はいつからかお京の顔を見て話すこともなくなった。弾正をわざわざ河内浦まで寄こしたということは、心底、お京が天草を離れることを望んでいるのだ。

「父が弟二人に河内浦の城を奪われておりましたとき……」

「弟？　その二人は、叔父御とは違うのか」

弾正はぽかんと口を開けて振り向いた。さっきまで海ばかり見ていたくせにと、お京は笑いがこみ上げてくる。

「あの二人も叔父ではございますが」

同じ叔父でも種元だけは同列に置くことはできない。

――私は嫁になどまいりませぬ。次から次へと縁談をなさるのは、もうこれきりにしていただきます。

種元が妻を迎えたとき、お京は乱暴にそう言い放った。

種元は寸の間、困ったような顔をしたが、それからも性懲《しょうこ》りなく島外の縁談を持って来た。それが十三、四の時分から続いて、お京はどんどん頑なになった。

「私たちは一年余り、本渡城で叔父の庇護を受けておりました」

ずっとこの日々が続けばいいと思っていた。種元の姿を見て暮らし、朝餉も夕餉もともにして、種元が襟をくつろげる仕草一つまで見ていることができた。城にいる種元の妻がないがしろにされているのを知るのは悪い気がしなかった。

それでも父は一日も早く河内浦へ戻ろうと懸命に働き、仇敵の志岐城まで出かけて、麟泉から軍勢を借りて来た。

父を目の当たりにしながら本渡城にいることを願い続けた、お京ほど身勝手な娘もいないだろう。

「私は誰よりも傲慢なのですわ」

種元を慕《した》っていながら素振りにも見せず、天草が何より大切だと言いながら、心の中では麟泉との和睦などどうでもよかった。種元がお京を顧みもしなかったのは、天草家に生まれながら民の暮らしを思わなかった天罰かもしれない。

お京にはそのときの罪がある。河内浦へ戻れると喜んでいる父や兄、そして種元の姿を見て、徐々に己の身勝手さに気がついた。

――お京、これで河内浦へ帰れるぞ。志岐家との諍いも終《しま》いじゃ。ようやく天草も一つになれる。

それほど五人衆は結ばねばならないのかと尋ねると、種元は豪快に笑って背をどやしつけた。

――そのために我らは命を賭けておるのではないか。

本渡城を出るとき、お京は種元のことはこれきりにしようと心に決めた。上津浦と戦ったとき、五人衆は手を結ばねばならぬとお京は思ったはずだ。だというのに本渡で父や種元を裏切り続けたお京は、河内浦に戻れば、天草を一つにするために島を出ることになるのだ。

「九州からすれば小さな双子島でも、これほど豊かな島もございませぬ。天草は海の緑に、山の緑。本渡では米も穫《と》れるのですよ」

天草を離れたくない。一年中あたたかい日差しも柔らかな風も、いくさを嫌って穏やかに暮らす民も、この島にしかいない。

「ああ、それゆえ姫は」

運良くお鉢が回ってきたのはそれでかと、弾正はひとりごちた。

お京は弾正と同じ海のほうへ目をやった。

「もはや姫は、天草を出る決心を、なされたか」

城主の娘に生まれながら、父たちが必死で領地を守っているときに物思いにふけっていた。そんな幼さには始末をつけなければならない。

弾正は岩に腰掛けたまま、わずかもお京のことを見なかった。

「儂はもう、よい年じゃ。だが姫の、叔父御の願いならば、叶えてやれるかもしれぬ」

弾正と種元は幾度かいくさ場で盃《さかずき》を傾けたことがあるという。

――あれは小さな島になど生まれて、並みの生涯を送れるはずがない。わが姉ながら、あれの母も美しゅうございましてな。儂はなぜか姉上は天草では長生きできぬ気がしたが、真実そうなった。それゆえお京は、島におらぬほうがよい。

九州に渡ればお京も目立たず、ふつうの女子のような仕合わせがあるかもしれない。お京には激しい波をかぶるような生涯は送らせたくない。ふつうに生き、仕合わせも不仕合わせも人並みであってほしい。

「叔父上がそのようなことを」

お京は涙がこぼれた。もう種元のことは忘れて天草を離れることだ。

「弾正様。私はもう、子ができぬかもしれませぬ」

「あの梅も、実を付けぬのであろう」

弾正は河口の兜梅を指さした。

「そのぶん美しい花を、咲かす。子など、産まんでもよい。いくさばかりの世じゃ。そばで、朗らかに笑うていてくれれば、それでよい」

お京が目を上げたとき、弾正がこちらを向いた。

「目など、開いておっても、見ぬ者はなにも見ぬ」

弾正の涙をためたような瞳が、せいいっぱい笑いかけていた。

「天草を出たほうが、姫は天草を、護るであろう」

そういえば弾正は、平助に似たたどたどしい口のきき方をする。少し吃音《きつおん》なのだと気がつくと、ふいに愛おしさがこみあげた。

「弾正様は私をお気に召してくださいましたか」

お京が見つめると、弾正もまっすぐにそれを受け止めた。

「姫を気に入らぬ、男などおらぬ」

お京は少し得意になった。

「私のどこを気に入ってくださったのでございますか」

弾正は気圧《けお》されたような顔をして、お京から目をそらした。

「その……」

弾正の手がそっとお京の首へ伸びた。

「これほど美しい髪を、見たことがない」

無骨な指が髪に触れ、風がするようにさらさらと音をたてた。

「姫……」

髪を絡めとられて、弾正に体を預けた。

「今の世に、男勝りは命取りじゃ。姫は生涯、儂の城から、天草を眺めておればよい」

天草にいても天草を守る役には立たない。このまま天草にいれば、真実いくさが起こるかもしれない。

お京は弾正の襟に顔をうずめた。頰が火照るのを見られたくなかった。

三

広間に入って来た諸経は惚《ほう》けたように頰を赤らめていた。

「父上、おいでになりました」

「ふむ。それはよい。ところでそなた、なにゆえそのような顔をしておる」

「いや、何ほどのこともございませぬ」

諸経が恥ずかしそうに顔を背けたとき、ああそうかと麟泉はすぐに思い出した。

「天草の姫か。たしかお京と申したか。そなた、まだ懸想《けそう》しておったのか」

「父上、私は何も申しておりませぬ」

麟泉は鼻で笑って立ち上がった。天草鎮尚の娘には結局会ったことがなかったが、さては噂通りらしい。

今日は肥後赤井の木山弾正が城に立ち寄ることになっていた。弾正は天草で嫁を取り、律儀に志岐を回って帰ると知らせて来たが、披露目《ひろめ》を兼ねて麟泉にも会って行くというのである。

「諸経、そなたのような堅物、ときにはそれくらいでちょうどよいわ。だがの、あれはもはや弾正の嫁じゃ。思いをかけても詮無いことじゃぞ」

「父上。どうぞもう勘弁してくださいませ」

「しかし、それほどの美形か。良かったのう、島にそのような姫がおるのは何かと争いの因《もと》じゃ。女子ごときでこの天草が踏み荒らされてはかなわぬわ」

麟泉が声を上げて笑うと、諸経は肩をすくめて広間を飛び出して行った。

鎮尚の一人娘、お京の風聞が立ち始めたのはここ十年ほどだろうか。さっさと片付ければよいものを、二十になっても二十五になっても嫁に行こうとせず、麟泉はそのうちお京を取り合って五人衆でつまらぬいくさでも起こるのではないかと案じていた。

並外れた容貌の姫が島になどいて、良いことは一つもない。

麟泉は上津浦に加勢して鎮尚と戦った数年後、この志岐へ南蛮船を呼んで、アルメという司祭から洗礼を受けた。

おかげで麟泉は鉄砲を手に入れたが、志岐で作らせてみてもどうにも上手くいかなかった。しばらく鉄砲作りにかかずらい、あげくに鉄砲は買うしかないのだと悟ることになった。

そのうち南蛮船は天草氏の軍ケ浦にも行くようになり、この志岐では司祭たちが麟泉の支配にうるさく口を出した。

志岐の城下には側室を持つ侍も多い。それを即刻捨てよと司祭たちはほざいた。神に許された妻は一人だなどと、分かったような口をきいたものだ。

男の妾《めかけ》をして生きてきて、三十にも四十にもなった女が、今さら放り出されてどうやって食っていけるのか。それを思えば、侍が二人も三人も妾を抱えているのは大目に見ても良かったはずだ。

武家は血を絶やすわけにはいかない。継嗣がなければ側室を置くのは家を守るためにも当り前だが、南蛮人は頭がかたい。

なにが、神に許された妻か。南蛮人など、麟泉の前にひざまずいて命乞いをしたではないか。天草のことは麟泉が決める。天草の王はこの麟泉なのだ。

麟泉は脇息にどっかりと肘をつき、愚かなことだとため息をついた。

そもそも鎮尚という男は、いくさの腕のわりには、何につけ考えが浅はかだ。

人柄は実直で清々《すがすが》しい男だが、駆け引きもせずに流れに身を任せて待つようなところがある。お京のことにしても、それほどの器量ならば早いうちに大友なり島津なりへ妾にやって、天草を丸ごと手中にしてのけるぐらいの策略をめぐらせばよかったのだ。

天草家の城下、河内浦は鎮尚が切支丹になると言い出して騒乱になった。鎮尚は城を追われて義弟の守る本渡城へ逃げ込み、のこのこと麟泉に援軍を頼みにやって来た。

志岐城を単身訪れた鎮尚は、麟泉に騙し討ちにされるとは小指の先ほども考えておらず、あっさりと下段に手をついて深々と頭を下げた。

志岐家と天草家は南北朝の時分に敵味方に分かれて以降、手を結ぶなど思いもよらぬ間柄だった。それを鎮尚は、どうしても河内浦へ帰らねばならぬと言って、畳に額をこすりつけた。

河内浦のほかはいらぬと口にしたのには麟泉も驚いた。

――河内浦に是が非でも天主教を根づかせとうござる。それには、それがしが戻るほかござらぬ。

頭など空っぽの、ただの阿呆かと思った。城を失って、天主教も鉄砲もあるものか。

――二人の弟御は、鎮尚殿が天主教を信奉せぬならば城を返すと申しているのであろう。ならばよいではないか、鉄砲など、とりあえず諦めることじゃ。

――鉄砲？

鎮尚はそう聞き返して、下段からきょとんとした顔を向けた。

――わが天草家は二度といくさは致さぬ所存。されば、鉄砲など不要にて。

耳を疑った。目の前にいる男が、半生戦い続けてきた武将だとはどうにも信じられなかった。

麟泉は胡座をかいて、からかうように身を乗り出した。

――軍勢を貸してもよい。ただし、大島子の城は志岐家が頂戴いたす。二度といくさをせぬと仰せならば宜《よろ》しかろう?

呑めるはずのない条件を出してみたが、鎮尚はあっさりとうなずいた。

――それは願ってもないことにござる。儂は残る生涯、河内浦を天主様の都に造り変えることに賭けるつもりゆえ、大島子はお任せいたす。

まるで童《わらべ》のようにうんうんと嬉しそうにうなずき返し、これは何の用心もいらぬ間抜けだと分かって麟泉も軍勢を貸した。

そして鎮尚が河内浦に戻ってみれば、あとは大島子を取り返そうとするどころか、かつてのような北上の気配はまったく鳴りを潜めた。

どうやら嘘ではなかったらしいと首をかしげていたら、つい先だっては一人娘を肥後へ嫁にやると文を書いてきて、ちょうど京から手に入れたという柚子七味を、美味ゆえ食べてごろうじろと家士に届けさせた。

――この先は天草を守るためにも、五人衆は誼を強ういたしましょうぞ。

あまりにあっけらかんと言われると、それはそれで良いかと麟泉も考えるようになった。真実、五人衆が手を取り合えるならば、それにこしたことはない。

「御免くださりませ」

廊下から声がして、障子に二つの影が映った。声はかつて二度ばかり酒を呑んだことのある弾正だった。

障子が開いて、恰幅《かっぷく》のよい弾正と、その後ろから髪の長い姫が入って来た。

「おお、弾正殿。久しゅうござる、こたびは嫁をお迎えなされた由、まことに祝着にござる」

麟泉の前に雛《ひな》のように二人が並んだ。

のんびりと脇息にもたれた麟泉だが、天草の姫が顔を上げたときは思わず跳ね起きた。そこだけ光が差したようにまばゆく輝いている。

噂には聞いていたが、これほど美しいとは思わなかった。弾正などにやるのが惜しくなったが、当の姫は平然とこちらを見返している。

「弾正殿、これはしかし、ようもこのような姫御を」

「まことに、お恥ずかしい次第にて」

弾正は隠すように頭を下げた。梅干しでも嚙んだような酸《す》っぱそうな顔だ。

「お京殿と申したか」

「はい。河内浦城を奪い返す折には、たいそうお力添えをいただき、まことにかたじけのうございました」

「おう、なかなか姫は男勝りの気性のようじゃ」

麟泉はふいに、この姫が天草を去るのは鎮尚が真実この島を一つにしようと願う、そのあらわれのような気がした。だとすれば、ついに五人衆が手を結ぶときが来たのかもしれない。

「そうか。姫はこの天草からいくさの芽を摘んで行かれるか」

驚いたようにお京は尋ねるような顔をした。麟泉は大きく笑いかけた。

「姫、父御は先だって切支丹になられたそうじゃの」

「はい。兄の久種もそろって洗礼にあずかりました」

麟泉はうなずいた。あの鎮尚は、もういくさなどできない骨の抜けた武将になったのだろう。

「左様か。じゃが儂は逆での」

「逆、と申されますと」

お京が目を見開き、麟泉は息を呑んだ。何もかもとろかすような熱を帯びた目だ。麟泉はゆっくりと一つ息を吸った。

「姫。儂は棄教することにしたのじゃ」

驚いたようにお京が身を乗り出した。

その仕草だけで、老いの坂を下っている麟泉でさえ、どんな願いも叶えさせたくなる。

呑まれるものかと心をなだめて、お京の顔を見返した。

「姫はなにゆえじゃと思う。せっかくアルメイダに洗礼を授かったのだがな」

「まあ、アルメ様が……。教理がお合いになりませんでしたか」

麟泉はしかめ面をして大きく手のひらを振った。

「教理など、もとからどうでもよいわ」

「では、鬱陶しい司祭がおりましたとか」

麟泉は吹き出した。この姫にはまるで臆するということがない。

「もしや、カブラルのことか」

ふっとお京は笑みを浮かべた。それはまた目の覚めるような美しさだ。

「その通りじゃ、姫。儂はカブラルの顔を見るとくしゃみが止まらぬようになる」

お京は心底おかしそうに笑った。声もまた鈴を転がすように澄んでいる。

「司祭どもは、この志岐でも数多《あまた》の寺を壊しおったわ。儂は仏でも天主でもかまわぬがな、尊い経文を俵に詰めて火にくべるのは、さすがに黙って見ておられぬ」

志岐の寺など風で倒れそうな粗末なものばかりだ。それでもしっとりと山に溶け込んだ美しい伽藍《がらん》を燃やすなど、人のやることではない。

あの頃の麟泉には鉄砲が必要だった。教理は勝手に、仏僧と司祭が闘わせればよいと思ってきた。

それを司祭たちは、高僧の智慧に耳を傾けようともせず、頭ごなしに邪宗だと決めつけた。値を釣り上げて鉄砲を売りさばき、城の支配にまで口を出す、あれのどこが神の使いだというのか。

この志岐には自らの利など考えずに、ひたすら書き物をしている者がいる。貧しい暮らしを堪えているのは、ほかならぬ南蛮人のために字書を作っているからだというではないか。

それさえもカブラルは顧みもしなかった。人の営みを敬わぬ者が、大上段から説教を垂れてよいはずがない。

「儂はの、姫。志岐には字書さえ残ればよいと思うておる」

「字書？」

「南蛮の言葉を日本に伝え、南蛮にはわれらの暮らしを伝える書物じゃ。高慢な司祭どもは、わが日本の学識の奥深さを知らねばならぬ」

そのときお京がふわりと微笑んだ。

「どうなされた、姫」

「ずいぶん前に、豊後の大友宗麟様が同じように申されていたことを思い出しました」

「ほう、宗麟様が」

「南蛮の司祭たちは一度どこぞへ頭をぶつけて、へりくだるということを学ばねばならぬと」

「おお、さすがに宗麟様は良いことを申される」

広間にぱっと明るい笑いが広がった。

「じゃが、姫と儂は道が分かれてしもうたな。儂はもう天主教はこりごりじゃ」

「いいえ、私も切支丹ではございませぬ。ですが麟泉様が棄教なさったということは、もう鉄砲が入ってまいらぬということですね」

「左様」

「ならば畏れ多いことながら、わが父も麟泉様と同じにございます。あの頑固者は、一度申したからには、もう決して鉄砲など持たぬと存じます」

麟泉はのけぞって大笑いをした。

「そうか、それはたしかに同じじゃの」

「はい。私も、戦うならば槍を持つ心づもりでございます」

「何を言われる。誰が姫に、槍など持たせるものか」

笑って弾正に目をやると、弾正もうなずいた。

「いや弾正殿、よい姫をお迎えなされたものじゃ。天草も、これは肥後に負けぬように励まねばならぬ」

「恐れいり、たてまつります」

弾正が丁寧に会釈を返し、麟泉はお京に笑いかけた。

この姫の顔を見ているだけで心の淀みが流されていく。麟泉と鎮尚がともに鉄砲から手を引き、これからは天草五人衆が一つに結びつくのだと、途方もない先のありさまが目に浮かぶようだ。

「まこと弾正殿は、羨ましい姫御を嫁になされた。これから先はこの天草の姫をよしみに、いよいよ親しゅう頼みますぞ」

麟泉は機嫌よくそう言って、広間で背を丸めている諸経に目をやった。顔を赤くしてお京を幾度も盗み見ているさまはまるで少年のようだ。

「諸経、どうじゃ、そなたも嫁をもらうか。姫は九州へ行ってしまわれるゆえ、そなたは九州から貰えばよいわ。のう弾正殿、九州にはお京殿ほどの姫もおろうか」

「いえ。姫ほどの者は、おりませぬ」

弾正がきっぱりと言ったとき、お京の頰がほのかに赤くなった。

女雛《めびな》と老いた随身《ずいじん》のような二人を眺めて、麟泉は久しぶりに心の底から愉快になった。今日から天草は手を取り合うのだと、強く力が湧いてきた。

影の章

一

朝、おせんが小六と家を出ると、川べりに丸い人影があった。

兜巾《ときん》の丘のふもとの家は、すぐ脇を細い川が流れている。夏には歩いて渡れるような浅瀬で、時節ごとにとりどりの花も咲く。志岐の城下を通って海に注いでいるが、丘に畑を拓くために小六が幾本もの水路を伸ばしていた。

「花など持って、どこぞへ行くのか」

振り返って気さくに声をかけたのは南蛮人のツズだった。兜巾の字書をもとに書を作るつもりだそうで、このところは朝早くから兜巾に会いに来ていた。

「ああ、ツズ様か。しかしこうして見ると大きなもんだ。ほかの司祭様たちとも、一回りは違うんじゃねえか」

顔を洗っていたらしいツズに、小六は手ぬぐいを差し出した。小六もおせんも、陽気で気取らないツズがとても好きだった。

ツズはもろはだ脱ぎになり、気持ちよさそうに背を拭き始めた。

「私は幼い頃、羊飼いをしていたからな」

「羊飼い?」

「ちょうどこんな丘を、獣を百も二百も連れて登るのだ。日がな一日、草を食べさせて歩きまわる」

へえ、とおせんたちはそれぞれにうなずいた。それでツズは他の南蛮人より柄が大きいのかもしれない。

「つまり学問をすれば、貧しい境涯に生まれても異国で敬われるようになるということだな」

笑って背を張ってみせながら、ツズは小六に手ぬぐいを返した。

ツズは日本へ来てまだ日も浅いが、言葉はたいそうなもので、いつも兜巾とも難しい話をしている。

だがときにはおせんたちが傍にいても気にせずに耶蘇会の欠点をあげつらうので、おせんと小六はそっと目配せをして笑い合っている。

今朝のツズはいじけた子供のように川べりに座り込んでいたようだ。仁王様のように大きな目をくりくりと動かして、ちょっと隣へ座っていけと促している。

おせんたちもツズのような耶蘇会士は初めてだった。

「なあ、小六たちは、肥後や島原の者を、生国《しょうごく》の違いで見下さんのか」

小六とおせんはきょとんと顔を見合わせた。

ツズはそばにあった木切れをつかんで、地面にいたずら書きを始めた。

「同じ耶蘇会だと言いながら、私のような葡萄牙《ポルトガル》人はずいぶん下に見られている」

ツズは地面に何かゆがんだ丸のようなものを描きながら、南蛮船はこの縁《ふち》を旅して来たと言った。どうやら海に浮かんだ陸をあらわしているらしい。

「この世にはそれは大きな陸がある。印度《インド》のゴア、マカオと伝って、私は日本へ来た」

そのゆがんだ丸の左の隅を、ぐるぐると木切れで掻いた。

「ここが生まれ故郷の葡萄牙だ。だが私は早くに生国を出たから、葡萄牙語は不得手でなあ」

実はかなり訛りがあるのだと、ため息をついた。

「ひとくちに西洋と言っても、西班牙《スペイン》も伊太利亜《イタリア》もある。ともかく耶蘇会の中でも高い位にいるのは西班牙人ばかりで、むしゃくしゃする」

おせんは吹き出しそうになった。ツズはときおり人を導く司祭よりも、導かれる日本の百姓のほうが向いている気がする。そんなときは大きな体も目も、逆にしょんぼりと弱々しく見える。

「たしかに俺らは肥後人だ、天草人だと、あまり考えたことはないがなあ」

「言葉は少し違うけどねえ」

おせんたちは首をかしげたが、ツズはすっかり俯いてしまって、木切れで地面を叩いている。

「私はカブラル師に言葉が訛っていると叱られてばかりでな」

ツズは元気のない声で、カブラルの日本語のほうがよほど聞き苦しいと頬をふくらませた。

「カブラルめ、何年もこの国で暮らしているくせに」

小六は困って髷を掻いていた。日本の耶蘇会を仕切っているカブラルは、たしかツズと同じ葡萄牙人のはずだ。

「俺らから見りゃあ、南蛮人はおんなじ顔をしてなさるがな。だから一緒じゃねえのかなあ」

カブラルには会ったこともないから、小六たちは肩をすくめているしかない。

「そうだ、ツズ様。私らの日本はどこにあるんですか」

おせんが覗きこむと、ツズはぶすっとしたまま、右の隅にまたぐるぐると掻いて小さな穴を作った。

おせんと小六は目をしばたたいて天草の場所を尋ねた。

ツズは地面を見回すと、わずかに色の違う砂をつまみ上げた。そしてぱらぱらと小さな日本の穴の上に降らせた。

「まあ、この一粒のようなものだろうな」

おせんはぽかんと口を開いて、それから小六と大笑いになった。

「まさか、そんなに小さかったのですか」

「ああ、そうだ。だが」

ツズはおせんの手元に目を止めた。今朝いちばんに川べりで摘んだ水仙の花だ。

「だがどんなに小さくても、これほど美しい花が咲いているだろう？」

おせんはほっと手元を見て微笑んだ。ツズのささやかなものへの、こんな心配りがおせんたちは好きなのだ。

「水仙というんですよ、ツズ様」

「それにしても、花をどうする？　今日にかぎって珍しいではないか」

「ええ。今日は千づるの祥月《しょうつき》命日ですからね」

「千づる？」

おせんは小六と顔を見合わせて、ツズに微笑んだ。

生きていれば十二になっていたはずのおせんたちの娘だ。千づるはずっと昔、まだ歩きもしない赤児の時分に死んでしまった。

兜巾の小屋から少し登ったところに、千づるの墓にした石がある。そこへ手向けるつもりだと言うと、ツズは詫びるような顔になった。

「そんなお顔をなさることはないんだ、ツズ様。千づるは死んじまったが、こうして俺らがずっと覚えていてやりますから」

小六が明るく言うと、ツズはうなずいて胸で十字を切った。

「そうだ、俺らに西洋を教えてくださったんだ、ツズ様にいいことを教えてさしあげましょう」

もうご存知かもしれないがなあと笑いながら、小六はツズの手から木切れを取った。

「ねえ、ツズ様。おせんのせんは、こう書くんでしょう」

小六はツズの横にしゃがむと、地面に千という文字を書いた。

もちろんツズはあっさりうなずいた。ツズのほうがおせんや小六よりも、ずっとたくさん日本の文字を知っている。

「でもね、日本の言葉には音《こえ》と訓《よみ》があるんですよ」

小六は千の字を指して、これはちと訓《よ》んで千の意味でしょう、とツズを顧みた。

太古の昔に大陸から千という文字が伝えられたとき、それはせんと音《こえ》に出すだけだった。そこへ日本の人々が、千《ち》のことだと訓《よみ》をつけた。

小六は得意になって話しているが、全部兜巾から聞いたことぐらいツズはお見通しだろう。

「俺らの文字は、たった一つでも幾通りにも読むし、たった一つの物を幾通りにも言い分ける。古いのが消えたり、新しいのが加わったり、それが言葉の持つ温もりで、言葉が生きてるってことだ」

兜巾にそう教えられたから、おせんたちは娘に千づるという名をつけた。

――言葉は生きているのだ、おせん。今おせんたちが使っている言葉は、こうして書きとどめておかねば消えてしまう。それが言葉に温もりがあるという証《あかし》だぞ。

ツズはぼんやりとおせんの手にある水仙に目をやった。

「言葉の持つ温もりか」

ようやくツズも立ち上がった。

「日本の言葉は素晴らしいな、小六」

「ああ、そうです。兜巾様はきっとそりゃあすごい字書をお作りになりますよ」

だからツズにもいつか、兜巾のような書物を作ってほしい。

ツズはうなずいて、尻についた砂を払った。

「だが兜巾殿は、ご自分の名はどうされるのかな」

「名？」

「あれほどの書をお作りになって、兜巾殿は自分の名をどこに残されるのだろう」

ツズは丘に建つ兜巾の小屋を見上げていた。あの粗末な屋根の下では今も兜巾が懸命に筆を握っている。

「私はいつか兜巾殿のような字書を作って、耶蘇会の皆をあっと驚かせたい。後の世に素晴らしい書物を残して、己がこの世にたしかに生きた証にしようと思っている」

だが兜巾の字書では、人の名や土地の名は省かれている。言葉を学ぶのに関わりがないからで、兜巾は字書の作者としても自らの名を書き残さないつもりだという。

これまで兜巾が譲られたシルヴァたちの字書にも各々の名は書かれていなかったが、彼らは耶蘇会士として南蛮のほうで名をとどめている。このまま埋もれて消えてしまうのは兜巾の名だけだ。

「われら司祭は皆が皆、ただ布教のためだけに遠い異国へ来ているわけではない。私もそうだ。新しい国に暮らす民を見つけ、その言葉を文典に著《あらわ》したい」

生国の言葉をけなされるたびに、ツズは見返したいと思っている。

おせんは兜巾を手伝うことに決めたとき、それがとても長く険しい道だということだけは分かった。きっと兜巾の字書ができあがるまでにはたくさんの犠牲がいる。

だからこそツズのように自らの名を書き残したいと思うのは当たり前だ。あの字書を作ったのが兜巾だと後の世に伝わることくらい、せめて許されるはずだ。

「なんとか兜巾様に名を残してもらう道はねえかなあ」

小六は腕を組んで考えているが、これは兜巾が望まなければどうにもならない。考えてみればおせんたちは、兜巾のことを何も知らない。薩摩のどこで生まれたかさえ聞いたことがないのだ。

「兜巾様がなさっているのは、闇夜を導く星を集めるお仕事なのに」

おせんは水仙に鼻を近づけた。これほど強く香る美しい花も、やがては枯れてなくなってしまう。

「星を集める仕事か。私にとっては、兜巾殿が闇夜の星そのものだ」

ともかく一度は頼んでみようと言いながらそろって丘を登って行った。

小六が小屋の引き戸を開けたときだった。

「おお、おせん。ちょうどよかった、すまぬが水をたのむ」

中から兜巾のうろたえた声がした。

「今しがた、お見えになったばかりでな」

小屋を覗くと、板間の上がり口に見たこともない南蛮人が腰かけている。

背の高いその南蛮人の顔を見たとき、ツズがおせんたちを掻き分けて中へ飛び込んだ。

「ヴァリニャーノ様」

ぽかんとして振り向いたおせんたちに、ツズが頭を下げろと手で合図をした。

新しく日本へ来た耶蘇会の上長だと聞いて、おせんと小六は弾かれたように土間にうずくまった。

ヴァリニャーノは印度から東洋を巡り、昨天正七年（一五七九）に島原の口之津《くちのつ》へ着いたばかりだった。さまざまな学位をもつ学者でもあり、耶蘇会からあらゆる決定を下す権限を与えられていた。

髪は黄金色に輝き、日なたの海のように澄んだ青い瞳をしている。肌の色はツズよりも白く、口許には親しげな笑みを浮かべている。

ヴァリニャーノは兜巾の節くれだった指を握った。

「私は耶蘇会の諍いをなくす。そしてすぐに日本の優れた礼法を取り入れる」

おせんは目をしばたたいて、兜巾たちをかわるがわる眺めた。たどたどしい口ぶりだが、しっかりと日本の言葉を話している。

耶蘇会の内部にはおせんたちの窺い知れない難しい反目があり、近ごろでは他の修道会とも揉めごとが続いているという。それを見過ごせないと重い腰を上げた南蛮の耶蘇会が、ついに新しい上長を遣わしたのだ。

ヴァリニャーノは日本へ来る前から字書を読んで少しは日本の言葉を知っていたが、その写しは耶蘇会のためにツズが書いたものだった。

上長がまっさきにその礼を述べると、兜巾は被り物をとって板間に額をこすりつけた。皺だらけの頬に涙があふれ、二人は古くからの友人のように長いあいだ手を取り合っていた。

「私は日本の司祭を育てる学林を、天草に建てる」

ヴァリニャーノはゆっくりと兜巾の小屋を見回して、小さな窓から粗末な文机へと目をやった。文机に積み重ねられた兜巾の書き物をじっと眺め、正座に座り直してその一枚に手を伸ばした。

どれも余白がないほど隅まで文字が書かれ、後から足した語は小さく切ってところどころに糊《のり》でとめられている。文机は兜巾の手のひらで擦《こす》れた手元の板が薄くなり、夜通し灯っている蠟燭台が今は脇へ寄せられている。

「学林には書が必要だ。私は兜巾様の字書を、使いたい」

ヴァリニャーノはすでに日本と耶蘇会の交易を再開させ、寄進に頼っていた会の財源を確保したという。長崎が耶蘇会に譲られたので、そこを足がかりに司祭たちが伝道に専念できるように次々と新しい方策も打ち立てている。

それはかつてアルメが乳児院を動かすためにやろうとしていたことだった。

一度はアルメのときに禁じられた道が今ふたたび開かれる。天主教の種がいっせいに芽吹き始め、南蛮でも大わらわで水をやることになったのだ。

ヴァリニャーノはそっと十字を切って、兜巾の書き物を元に戻した。

「私はもうすぐ都へ上る。織田信長様にもお目にかかる。そのときはツズに、通詞を頼みたい」

その言葉を聞いたとき、ツズは嗚咽《おえつ》をもらした。生国の言葉さえ訛っていると軽んじられてきたツズが、耶蘇会の上長と日本の天下人との謁見を仕切るのだ。

ほんの半刻ばかりであわただしく司祭館へ戻って行くヴァリニャーノたちを、おせんは小六と並んで丘の中腹まで見送った。

別れてから振り返ると、二つの影法師が畑で揺れていた。ツズがときおり顔を上げてヴァリニャーノにうなずいているのが小さく見えた。

日は中天に昇り、海はまっすぐ見ていられないほど眩しく輝いている。手庇を立てて沖をにらんでも、南蛮船の姿はない。

かわりに丸い白波がいくつも立っている。ツズたちを隠すように、やわらかい風が麦穂を揺らして吹いて行った。

「やっぱり今日は千づるが守ってくれたんですね、お前様」

千づるの命日に、はるか南蛮から耶蘇会の上長が兜巾に会いにやって来た。ツズのあれほど満ち足りた顔もおせんたちは見たことがなかった。

おせんと小六がふたたび小屋まで戻ったとき、兜巾はまだ引き戸の前でヴァリニャーノたちの姿を目で追っていた。

「兜巾様はいつの間にか、すっかり坊主になっておられたんだ」

小六が明るい声をかけた。

「前はまだわずかに岩海苔のような髪が残っておられたはずだ。さっき被り物を取られたとき、俺は驚いたのなんのって」

兜巾はふと足を止めると、おどけた顔をしてもう一度被り物を取ってみせた。つるりと禿げた頭を手のひらで叩いたら、ぴしゃりと心地のいい音がして、おせんたちはそろって笑い声をあげた。


それからひと月あまりが経ち、志岐の城下へ出かけた小六は男を一人連れて戻って来た。

背負子にはいつも通りの荷を入れているようだが、遠目に眺めるとその男とは口をきいているようすもない。小六は男のわずかに後ろを歩くようにして、こちらへ指を差している。

おせんはよく分からないままに下りて行って男に会釈をした。初老の南蛮人で、兜巾のもとへ来る司祭たちと同じような黒い衣を着ているが、おせんを見ても少しも頬をゆるめなかった。

「兜巾様にお会いになりたいそうだ。小屋をご存知ないとおっしゃるのでな」

道中、男がまるで口をきかないので小六も困っているようだった。だが言葉ができないわけではなく、小六の名も、ずっと兜巾の世話をしているおせんのことも先から知っているらしい。

「長く志岐におられたそうだが、おせんは会ったことがあるか」

おせんも首を振った。たいていの南蛮人なら顔を見たことがあるが、この男は知らない。

丘を登ると男は訪《おとな》いも告げずに小屋の引き戸を開き、そこではじめて軽く頭を下げた。書き物をしていた兜巾は振り返ると、あわてて筆を置いて板間に手をついた。

「もしや、一人でお運びくださったのですか」

「ああ。一度は来なければならぬと思っていたゆえ」

すっかり遅くなったと言いながら男は上がり口に腰を下ろした。衣の下から、がちゃりと金気の音がした。

おせんと小六は顔を見合わせた。身分があるようだが供は連れていない。南蛮の訛りはあるが言葉も達者だ。

兜巾が敷物の埃《ほこり》を払って差し出すと、南蛮人は黙って座り直した。

「兜巾様、こちらの御方は」

　小六が背負子を背負ったままで尋ねると、男はじかに名乗った。

「私がカブラルだ」

　驚いておせんは手を止めた。ツズがいつも怒られてばかりだという大司祭だ。日本へ来て十年、耶蘇会の方針をすべて一人で決め、南蛮人を残らず差配してきたというが、これまで兜巾のことはまったく相手にしていなかった。

　カブラルは黙って板間に上がると、文机に手を伸ばそうとしてちらりと兜巾を顧みた。

「どうぞ、ごらんになってくださいませ。拙いものですが」

　カブラルは冷ややかにうなずくと、紙を一枚ずつめくっていった。

「ここまでするのに幾年かかった」

「天文の終わりに始めましたので、三十年ほどでございましょうか」

　カブラルははっと息を呑み、それから小さく首を振った。

「とても待ってはおられぬと思ったが、知らぬ間にそれだけの歳月が流れたのだな」

　耶蘇会士が商いをするのや医療に携わることを厳しく禁じてきたのがこのカブラルだ。南蛮で定められた決まりに例外を認めず、貧しい切支丹には教理を教えようとしなかった。日本を見下してきたから、反発を受けることも多かった。

　だが日本の切支丹を蔑《さげす》んだことを除いては、カブラルほど有能な司祭もなかったという。このあいだはヴァリニャーノが、切支丹が日本でここまでになったのは南蛮の定めを四角四面に守ったカブラルがいたからだと話していた。カブラルという重石があったから、日本の切支丹は都合よく教理を変えて邪宗におとしめることがなかった。

ヴァリニャーノはくもりのない目でカブラルを見て、日本での伝道はカブラルのやり方でよかったと結論を出した。

「私の役目は終わったのだ」

カブラルは兜巾の紙片をそろえると、ていねいに文机の隅に重ねた。

「兜巾殿は気づいていたか。われら耶蘇会士は説教をする者と聴罪をする者、二手に分かれていた」

じっさいに天主教を説いて布教する司祭と、民の懺悔を聞く司祭だ。

「ここは奇妙な国だった。いくさに明け暮れる一方で、諸侯も僧も、目を見張るばかりの学識を持っていた」

兜巾は黙ってうなずいている。カブラルは高慢で、貧しい百姓たちを人とも思わないと聞いていたが、そうは見えなかった。

「彼らが喜んで聞きたがる説教をしなければならぬ。侍たちの言葉こそ、われら司祭が使わねばならぬものだった」

それを得るには幾年もの歳月がかかるとカブラルは考えたが、司祭たちには他にもしなければならないことが山のようにあった。文字も読めず、医術を施せば有難いとただ拝む下々の者たちに天主教を告げ知らせる一方で、彼らの懺悔を聞かなければならない。それには百姓たちの乱れた言葉も方言も解す必要がある。

司祭には知るべき言葉と、使うべき言葉の二通りがあったのだ。耶蘇会全体に目を配りながら、その二つを身につけることはとてもできなかった。

「それゆえカブラル様は、諸侯とのみ交わられましたか」

「司祭は卑語も知らねばならぬ。だが自ら用いてはならぬ。ただでさえ難しい日本の言葉を二通りも身につけることなど、忙しい司祭たちにできるはずがないと思ってきた」

伝道のはじめ、天主は大日如来と訳された。だが天主は、すでにあるどんな言葉にも置き換えられるべきではない。言葉を解し、教理を説くなど無益なことだ。ものある。

「我らの生国ははるか海の彼方だ。今ではたびたび船が着くが、なかには嵐で沈むものもある。日本まで辿り着ける船は稀有《けう》だった。だから私は、着いたからには是が非でも、西洋の思う通りの伝道をせねばならぬと心に誓ってきた」

カブラルは小屋の小さな窓を見上げて、このような弱い光の中で、とつぶやいた。

「私は葡萄牙では軍人だった」

「……いくさばかりの日々でございましたか」

カブラルがうなずいた。

「軍隊というものは、下の者に自ら判断はさせぬ。目の前のいくさ場がどのようになっておろうともな。だから私は、周りの言葉に耳を傾けられなかったのかもしれぬ」

いやというほどいくさを見てきたと、カブラルはつぶやいた。

「この世にいくさほど酷《むご》いものはない。それゆえ日本をいくさのない国にしたかった」

いくさに比べれば、病も貧しさも、生きていれば当たり前のものだ。だから医療禁令も当然のことだと考えた。

悔いてはいないというように、カブラルはまっすぐに顔を上げた。

「日本の天主教がここまでになるとは思ってもみなかった。日本の民は、印度や呂宋《ルソン》とも違う。これほどの字書を倦《う》まずに作る」

カブラルは膝に手をつき、長いため息をついた。そして胸でそっと十字を切った。

「ヴァリニャーノ師は、日本から西洋へ使節を遣わすことをお考えだ」

「使節？　日本の者を南蛮へお連れ下さるのですか」

「日本の学林で天主教を学ばせた少年たちだ。そうなれば日本がもはや西洋で低く見られることもない」

私は考えたこともなかったと、カブラルは笑って頭を振った。これからは日本の切支丹が海を越えて天主教を伝道していく。もうその段に来ているのだ。

兜巾が顔を輝かせたときカブラルはゆっくりと立ち上がった。

「兜巾殿とも、もう会うことはないだろう。だが日本の天主教は、今のままではいかないだろう」

カブラルのもとに集まる知らせはツズやアルメのものとは桁が違っている。カブラルは南蛮の耶蘇会が特別に選び、すべてを任せるに相応しいと考えて遣わした司祭だ。

「どこの地でも、われらの来訪を喜ぶ者ばかりではない。しかも日本はこれから激しいいくさの世を迎える。天主はこの世に火を投じるために来たと申されたが、いくさこそ火であろう。いったん始まれば、どこまでも燃え広がっていく」

この地で、これまでのように切支丹になる諸侯が出るだろうかとカブラルは頭をうつむけた。

志岐の麟泉ははやばやと棄教し、そこには高僧たちが後押しをする。いっぽう大村純忠の長崎では寺社が焼かれ、死人も出ている。天主教は水が土に滲むように、なだらかに広がっているわけではない。

「この先の日本がどうなるか、この目で見ずにすむ私は、神の恵みを受けているのかもしれぬ」

諦めたように一つうなずいて、カブラルは履物に足を入れた。

「これまで一度も伺わず、まことに無礼なことであった」

じっと頭を下げたカブラルは自ら戸を開け、外に出るとおせんと小六に目顔でうなずいた。

「葡萄牙へ戻っても、私は日本のために祈っている」

静かに丘を下りて行くカブラルの背を、陰り始めた日が淡く照らしていた。その影はあまりにも細く、日本を長く支配した司祭のものとはとても信じられなかった。

二

お京は縁側を開けて手鏡を立てていた。肥後へ嫁いで十年あまりが過ぎたが、赤井では穏やかな暮らしが続いていた。

赤井城は小高い山の頂きにあり、居室の障子を開くと城下の家々がまばらに見えた。二間ほどの縁先には一本だけ根を下ろした山桜の木があり、天草に似た風がときおり枝を揺らしていった。

——姫はほんに、よい香りがする。鎮尚殿がそれは大切に、育ててまいられた姫じゃ。儂も姫が欲しがる物は、なんでも買うてやりたい。

弾正は熊本に京の商人が来るたびに、赤井まで呼び寄せて贅沢な品を買いそろえた。言葉巧みな都の商人たちがお京ほど錦の似合う女子はいないと言えばいよいよ上機嫌で、京や堺からも着物を取り寄せる。お京が口に出さなくても指をわずかに動かせば弾正が買ってしまうので、いつからかお京のほうが慎んで商人と会わないようにしていた。お京は天草にいた時分よりずいぶん物持ちになったが、もとから着道楽でもないので、今も軽衫《かるさん》姿で馬に乗ることが多かった。

お京は居室の隅を振り返って微笑んだ。濡れ縁から日が差して、つい十日前に弾正が購《あがな》った高価な打ち掛けが輝いている。見事な錦糸で大輪の牡丹が縫《ぬ》い取《と》られ、お京の艶やかな髪にはとりわけよく映える。

――ああ、見事じゃな、姫。こうして姫が笑うておって、儂は、果報者じゃ。

軽く羽織って見せたとき、弾正は手を打って喜んだ。だがお京はきらびやかな物など、あってもなくてもかまわない。この身は遠く離れていても天草は穏やかだと聞きながら、こうして静かに愛されて過ごす、そんな日々がこの先も続いていけば、これ以上望むこともなかった。

供として赤井へもついて来た平助は、気がつけば吃《ども》るような舌足らずもほとんどなくなっていた。そのぶん弾正が片言のような話しぶりなので、きっとお京はそんな男の世話を焼くように生まれついているのだと思っていた。

平助とは気安くてよく二人で話すので、近頃では城下に女子ができたことも知っている。平助はいまだに天草へ帰ろうと言うが、お京が天草へ帰れば、いちばん困るのは平助だ。

――この赤井は、佐賀の竜造寺とは目と鼻の先。いつ姫様が攻められるかと、私は気が気ではございませぬ。

なにも竜造寺はお京に向かって来るわけではないのだが、平助は天草のことばかり恋しがっている。

――姫様。殿が任せられぬお人ゆえ申しているのです。竜造寺は人の顔をした鬼でございます。幼子も平気で打ち首にして、己の窮地を救うた恩人を騙し討ちにも致しました。姫様など、そのお顔が災いして、いつ掠《かす》め取られて行くことか。

かつてお京は平助の口が治るならと願をかけたが、あの訥弁《とつべん》がここまでになったのだから、今なら洗礼をさずかってもいいと思う。ただ赤井にはアルメのような司祭がおらず、これはもう縁のようなものだと思って、ときおり母の今様を口ずさんでいた。

お京は手鏡の覆いを外して顔を写した。

赤井に来てからは、よく笑うようになった。十年前はあれほど天草のことばかり考えていたのに、今ではあの風も忘れそうになる。もう帰れなくてもかまわないと考えたり、ただのんびりと、まるで雲にでも寝そべるように弾正の帰りを待つだけの日も多い。

弾正は叔父の種元とは違って女子が憧れる爽やかな見場ではないが、朴訥で誠実で、じっと波に打たれている岩のような雄々しさがある。雲が流れるのや風が吹くのを眺めている姿は孤高で神々しく、今では種元を思い出すこともすっかりなくなった。

お京はそっと手鏡を覗いてみた。

――姫は、儂には過ぎたる宝じゃ。姫の笑顔を見ておるだけで、儂は生きる喜びを授かる。

弾正は今もお京を姫と呼ぶ。寝所で名を呼んでくれとねだっても、まるで聞こえていないようなそっけない顔をする。

――姫は姫じゃ。儂の、宝の姫じゃ。

つい思い出して肩をすくめると、手鏡の奥から、幼いときの男勝りの自分がからかってきた。

それは、ほかに名で呼ぶ女子がいるからではないの？　呼び間違えられたら、あなたはそんなに澄ました顔でいられるかしら。

お京はくすりと、手鏡に写った己に微笑んだ。

やはり弾正には名で呼んでもらうことにしよう。お京はこの名がとても好きなのだ。父の鎮尚がお京の生まれたときに、赤児というのにあまりに美しく、京の都はきっとこうだと思い浮かべて付けたのだ。赤児がいつかその小さな掌に、島では収まりきらぬ栄華をつかむようにと念じていたという。

お京はそっと頰に手のひらを当てた。己は弾正よりはるかに若く、美しい。お京は今この手にしっかりと仕合わせを摑んでいる。

衣桁《いこう》から打ち掛けを取り、ふたたび手鏡の前に立った。そっと髪を梳《と》かして微笑んでみた。弾正は今時分、城下を見下ろす天守の窓のそばにいる。

居室を出ると足音をしのばせて階《きざはし》を登って行った。暗がりの高楼を上がり、天守に顔を出すと、逆光の中に弾正の背が浮かび上がる。

弾正は足下に切った窓のそばで胡座を組んでいた。強い光が板間に四角く差し込み、その半ばほどが弾正の膝の辺りにかかっている。

いつだったろう、城下からお京が戻って来たとき、逆の辻から来た弾正はお京を見つけて駆け出した。ぱっと顔が明るくなって、走る姿は片方の足でも悪いのかと思うほど不格好だった。

お京はあのとき、いつの間にこれほど弾正を慕っていたのかと驚いた。わざと後ろへ逃げたら、きっとどこまでも追って来てくれるのだと、まるで子供のように嬉しくなった。

「殿」

窓辺で振り返った弾正は、あのときと同じように満面の笑みになった。

「姫、どうした」

お京が打ち掛けを軽く持ち上げてみせると、弾正は合点したように笑って手招きをした。

「よう似合う。姫がそうして笑うてくれると、儂は」

お京は弾正の胸に顔を埋めた。

この世にこれほどの仕合わせはない。お京は弾正の赤児の時分のことも、お京の年だったときのことも、何もかもをこの目で見たい。

「殿、これからは姫はおやめくださいませ。お京と呼んでくださいますね」

弾正は応えずに、わずかに窓の外へ体を向けた。

「この城からは、天草が見えぬな。故郷が見えぬのは、辛かろう」

お京は弾正の胸から顔を上げた。

弾正はぼんやりと天守の外に目をやっている。いつも暗い悲しみの淵を見ているような、誰にも手の届きそうにない憂いの色がある。

「麟泉殿が、竜造寺に敗れたとな。姫も、聞いたか」

「はい。ですが今、私は」

やはり弾正はお京を名では呼ばなかった。

「姫」

お京は黙ってうなずいた。

「姫は竜造寺が怖いか」

「……」

お京には今、もっと怖いものがある。鉄砲の恐ろしさなどとは違う。生まれて初めてお京はそれを知った。

「姫は強い女子ゆえな。そうか、天草の姫は、竜造寺など恐ろしゅうは、ないか」

「殿がいてくださるゆえ、恐ろしゅうはございませぬ」

弾正の目から暗い陰が消え、ふわりと緩んで微笑んだ。

「そうか。儂は、竜造寺が恐ろしい」

負ければ最後、城下はことごとく火に包まれる。女も子供も生きたまま八つ裂きにされるとも伝わっている。

「この世に生きて、いくさをせぬのは難しい」

争いを好む者はおらぬがと、弾正は窓の外へつぶやいた。

「だがな、姫。あのような者は、いずれ必ず滅ぶ」

「竜造寺が攻めてまいっても、殿が私を守ってくださいますでしょう」

「ああ、申すまでもない。儂は命に替えても、姫を守る」

弾正の手が優しくお京の髪に触れる。薄い灰色の瞳は、この世の誰より愛しいと囁きかけてくる。

お京はもう一度、弾正の胸に顔を埋めた。

「ならば、これからはお京とお呼びくださいませ」

「……」

弾正は吃りの気がある。口の達者な男がお京は昔から好きではない。

「殿」

「姫。それは、できぬ」

お京は胸をつかれたように息を呑んだ。ふいに平助の言葉がよみがえった。

殿が、任せられぬお人ゆえ申しているのです――

「なにゆえ、おできになりませぬ」

弾正は口をきくのが不得手だ。とっさに間違えては困ることでもあるのだろうか。もちろん弾正にかぎってそんなことがあるはずはない。

「他に、名で呼んでいる女子でもおられますか」

「左様」

お京の背をすっと冷たいものが流れていった。

「それは、どういうことでございますか」

「姫、儂は」

「殿には、私のほかにも女子がおられるのですか」

お京は身を起こした。正面から弾正の顔を見ると、弾正は窓の外に目を逸らしてうなずいた。

「儂が名で呼ぶ女子は、姫ではない」

「私をからかっておられるのでございましょう」

弾正は苦しげに首を振った。

「偽りで、このようなことは申せぬ」

「まさか……」

お京はこれまで弾正にほかに女がいるとは考えたこともなかった。だから確かめもしなかった。

弾正にしてみれば、お京が尋ねればとうの昔に明かしていたのかもしれない。

「なぜ私に、あれほど贅沢をさせてくださいました」

お京は今さら聞きたくもないことを尋ねていた。都の着物を携えて戻ったとき、誰よりもお京に似合うと弾正は言った。お京に食べさせたいと、南蛮船のあとを追って菓子を求めたと恥ずかしそうに目を伏せたこともある。

「姫の願いはなんでも、叶えてやりたいと思うた」

「その女子が、なにも欲しがらぬゆえでございますか」

弾正の目が正直にうなずいていた。二人のあいだには物などいらぬのだと、お京は打ちのめされたように悟った。

「私が嫁いで来る前から……、ずっと長い御方でございますか」

弾正は何一つ、首を振ってはくれない。

「なにゆえでございます」

この地は北を竜造寺、南を島津、東を大友に押さえられている。弾正には西に向かうしか道はなかった。

「なにゆえ、私を正室になどなさいました」

「姫のあまりの美しさに、すべてを忘れた」

お京は唇をかんだ。気立てでも心映えでもなく、ただ外見に惹かれたということか。

美しさなど何の意味がある。

「姫を一目見たとき、さだめじゃと思うた。どうしても姫を、連れて行かねばならぬと思うた」

弾正の声は虫の羽音のようだった。

軍ケ浦の兜梅のそばで弾正に愛されていると思い、お京も慕いはじめていると気づいたあの同じとき、弾正はただ運命だと腹を括ったにすぎなかったのだ。

尋ねれば何にでも応え、自らは何一つ話そうとはしない。弾正はこれまでも、そしてこれからも。

「なにゆえその御方を妻になさいませんでした」

つと弾正の指先が震えるのをお京の肩は感じ取った。

「その御方が望まれませんでしたか」

「ああ、左様」

もしもその女子が妻になっていれば、お京はここにはいなかった。弾正には初めからお京への思いなどなかったのだ。

「姫……。儂の妻は、姫だけじゃ」

いつからお京はこれほど弱い者になったのだろう。たったそれだけの、指のあいだからこぼれ落ちる砂のような言葉の中に、お京は必死で光を探そうとしている。

「儂は何があろうと、姫を守るゆえ」

お京は弾正の腕をすり抜けた。

——姫、天草に帰りませぬか。

どこからか平助の声が聞こえて、お京は耳をふさいで階を駆け下りた。


その屋敷のことは侍女の一人に聞いた。城下で、そこだけ植え込みが丁寧に刈り揃えられているからすぐ分かる。贅を尽くした屋敷ではないが、品のよい主がひっそりと暮らしている、門にも壁にも華美なところのない屋敷だという。

ずっと長く、落ち着いた暮らしが続いてきたのが遠目にも見て取れた。その同じ日々、お京は都で織られた帯を得意げに締め、鼻高々と手鏡を覗いて髪を梳かしていた。

夕空を見上げると、宵の月が黄金がかって低いところに昇っていた。

音をたてぬように枝折戸《しおりど》を押し、屋敷の裏手を回って柱廊の陰に身をひそめた。

鉤の手に曲がった縁側が、暗くなりはじめた弱い光の中で美しく輝いている。塵《ちり》一つない行き届いた住まいで、物静かな年配の侍女と用人の男が一人、ともに暮らしているという。

閉ざされた障子に丸い人影が二つ寄り添うように映っている。

半刻だけだと、月を見上げて言い聞かせた。それまでに姿を見ることができなければ城へ帰り、二度とここへは来ない。

風が落葉を転がしながら庭先を吹いていく。もう秋が近いのだ。

「昨日の今時分、虫が鳴きました。今年、初めてですわ」

ふいに障子の内から声がして、お京は目まいがした。

なんという美しい声だろう。思わず拳で胸を押さえたが、指がかじかんだように力が入らない。

「そうか。儂は気づかなかったな。どうだ、外へ出てみるか」

弾正の声だ。これほど滑らかに話すのをお京は聞いたことがない。膝がわななないて、立っているのがやっとだった。

立ち上がる足音がして、静かに障子が開かれた。

「風はまだ冷とうないぞ。体にも障るまい、さあ」

縁側から女へ声をかけ、弾正は部屋へ戻った。二つの影が一つになり、女を支えて弾正が縁側にふたたび姿を現した。

ちょうど鉤の手の手前にいるお京からは弾正の背が見える。片手を女の肩に回し、胸の前で、女の左手を下からそっと支えるように握っている。

――その方は盲《めし》いておられるのでございます。まだお若い時分に腹の子が流れて、目が見えぬようになってしまわれたとか。

侍女からそう聞いたとき、見えぬとはどういうことか、お京にはまるで想像がつかなかった。見えぬ者と見える弾正がどう暮らしているのか、それが知りたくてお京はやって来た。

いや違う。この目で見なければ信じることができなかったのだ。

「少しここで待っておれ」

弾正は女を桟《さん》につかまらせると中から敷物を持って来た。

「さあ里桜《りおう》、ここに座れ」

お京は柱に背を押しつけてどうにか体を支えた。

女の名は里桜というのだ。弾正がやすやすと口にするその名は、清らかで美しい。里桜の髪は尼のように肩の下で短く切り揃えられていた。髪の美しさを誇ってきたお京は愚かなものだ。

「殿」

女は瞳を閉じ、控えめな笑みを浮かべて顔を上げた。その弾正と過ごしてきた尊い歳月を思って、お京はくずおれた。お京の入り込む隙などない、命のあるかぎり別れることのない一対の二人だ。

「殿」

「どうした」

「このごろ殿は、ときおり良い香りがいたします。満開の梅の枝のような、華やかで高貴な香りでございます。きっと都の梅は、このような芳しい香りを放つのでございましょうね」

「そうか？　思うたこともなかったな」

弾正はあわてて己の肩や袖を嗅いでいる。

「殿が笑うて暮らしておられるのが、私にはなによりの仕合わせにございます」

女は桟に手を滑らせながら縁側に腰を下ろし、弾正が手早くそこへ敷物を動かした。どれくらいのあいだ、二人は黙って縁側に座っていただろう。やがて風が冷えてきたと弾正が言って、二人は中に戻って行った。

お京は羽織の襟を立てて、その屋敷を出た。まっすぐに頭を上げて月を見た。暗くなった空にはまばらに星がまたたき、か細い灯明のようにお京を導いている。

——ふいの嵐に船を流され、どこへ向かうとも知れぬ夜が幾晩も過ぎたあと、人は闇夜にまたたく星を見つけるのでございます。

お京がまだ幼い時分、宗麟の城で会ったザビエルは、そう言って南蛮からの長い航海を語ってくれた。

お京は拳を握りしめた。人が気づかぬだけで、天の星はずっと地上を見守っている。

——人とは、地上に降りた星にほかならぬ。人は人を見てしるべとし、歩いて行くのです。

お京は涙をこらえて城下を歩いた。

城に戻って居室の障子を開けると、月はさらに高く昇っていた。

耳を澄ませば、隣の弾正の居室からはどんな音もしない。

きっとこれまで幾度も同じことがあったのだ。愚かなお京が気づかずにきただけのことだ。

——姫、天草へ帰りませぬか。

お京は縁側に突っ伏した。涙がこぼれて、髪が縁側をすべり落ちた。

何にも汚されず、お京は誇り高く生きてきた。それがこれほど惨めな歳月だったとは考えたこともなかった。


その夜、お京は眠れぬままに床についていた。

これまではいつも気ままに己の居室で寝《やす》み、ふいに目が覚めると隣の弾正の寝所へ忍んで行った。弾正はお京の気配に目を開いて微笑んでくれることもあれば、息をしていないかと思うほど深く寝入ったままのこともあった。そんなときお京は弾正の太い腕につかまって、童女に戻ったように安心して目を閉じた。

弾正が夜半にそっと忍んで来ることもあった。お京は幼い時分から髪を誇ってきたから、夜は乱れ箱に髪をきれいに沿わせて入れている。それを弾正が無造作に動かすのも、お京は許していた。

これまでお京が気まぐれに忍んで行ったとき、弾正が寝所にいないことはなかった。それはただ運のせいだったのか。

もしもこれから弾正が訪ねて来れば、どうするだろう。

胸の鼓動が唐紙まで震わせるような気がして、お京は布団の中で足を抱えて小さくなった。

どのくらい経った後か、そっと唐紙の開く音がした。

闇を忍ぶ静かな足音が床へ近づいて来る。音をたてぬように摺足《すりあし》で、やがてその足はぴたりと枕元で止まった。

お京は布団の下で手をほどき、胸にあてた。弾正が何かを話さねばならぬと思ったのなら、どんなことでもそれは聞くべきだ。

「殿……」

掛け布団から顔を出した。

開いたままの唐紙から弱い月の光が差している。かちりと音がして、何かがその光を弾いた。

お京はまっすぐに影を見つめた。

ふいに闇の中でまたたいた目は弾正ではなかった。

「死ぬがいい！」

闇の中でその目が叫び、刃《やいば》が光った。

とっさにお京は床から跳ね起きて布団で押し返した。

刃を握って倒れた影に、おろちのような太い尾があった。

——その娘は、姫様の髪にそれは憧れておるのです。

いつだろう、平助が恥ずかしそうに言ったことがある。

――お絹と申して、百姓には珍しく手足は華奢ですが、髪だけはどうも、鋼《はがね》のようでございます。

平助の通う娘はとても愛らしい磊落《らいらく》な娘で、お京の髪をいつも明るく羨んでいたという。

――お絹も悪うはないと申してやるのですが、髪ばかりは庇《かば》いようもございませぬ。

雨粒も弾く獣の皮のようで。

どれほど洗って梳かしてもすぐに縮れ、束ねることもできないほど量もある。水仕《みずし》にも邪魔になると言って腰の上で切ってしまったが、まるでわにの尾のようだと平助は苦笑していた。

それほど小まめに働く、朗らかな娘だったのだ。

「殿様の妾など、知ったことか！　平助にまで手を出すな」

闇の中で娘の顔がはっきりと見えた。夜叉《やしゃ》のように目が吊り上がり、手に握った匕首《あいくち》はまっすぐお京に向いている。

周囲を探したが、懐刀など置いていなかった。お京の背が壁に当たった。

「お許しを」

その声は鼓膜を破るような絶叫だった。

お絹が反り返って匕首を振り上げたとき、お京は夢中で帯をほどいた。脱いだ夜着を丸めて刃を受け止めようとしたときだった。

闇を切り裂くような悲鳴をあげて、お絹が目の前で倒れていった。

大きく開け放たれた唐紙のあいだから月の光が居室を照らしている。

足元にうつぶせているのは紛れもない、血に染まったお絹だ。

「姫様、ご無事ですか」

平助がこちらを見もせずにそう言った。抜き放った太刀が光を弾き、しっとりと血に濡れている。

「面目次第もございませぬ。目覚めてみれば女がおらず」

平助は冷めた顔で太刀を振り、血を払って鞘《さや》に収めた。

「平助、この娘は」

「私が城下で懇意にしておりました。お絹でございます」

「そのようなことを聞いているのではない。なにゆえ私を」

平助がふとこちらを向き、お京はあわてて夜着に袖を通した。

「百姓の生まれの女子にございます。私が姫様のお噂ばかりをするゆえ、気が狂うたのでございましょう」

平助はわずかも乱れず、お絹の袖で板間の血を拭っている。

天草にいた時分は満足に口がきけず、いくさ場ではお京の裾を摑んで震えていたものだった。それが迷いもなく妻にも等しい女を手にかけた。

「姫様さえご無事ならば、どうぞ今宵は別の間でお寝みくださいませ。ここは明日の朝、片付けさせましょう」

平助はお絹の骸を抱き上げると、頭を下げた。

お絹の硬い髪が太い影を作って平助の腕の外へ落ちている。

縁側へ出た平助を月が照らしている。その顔からは血の気が失せていた。

「平助……。殿が城下に女子を置いておられました」

「そのようなことは、私は存じませぬ。殿は姫様を大切に思うておられます。姫様のおそばにお仕えしてまいった私が、誰よりもよく存じておることでございます」

——殿が任せられぬ御方ゆえ申しているのです。

平助はお絹を抱いて闇の中へ消えて行く。

「平助、なぜ話してくれなかったのです」

ぴくりと平助の肩が揺れた。

去って行く平助からお京は目をそむけた。天草へ帰ろうと、そのときはどうしても言うことができなかった。

アルメの南蛮寺を訪ねて行ったとき、こんなところが河内浦にあったかと驚いてお京は足を止めた。

山の中へ一本の細い道が伸びている。午だというのに闇夜のように木の影が落ちた先に三十段ばかりの階があり、その上に朽ちかかった屋根が見えた。

アルメはすっかり白髪になっていたが、笑みだけは変わらずに出迎えてくれた。

「姫様が河内浦へお戻りのことは百姓たちから聞いておりました。こちらにはいつまでおいでですか」

並んで階を登りながら、アルメは周囲を見回した。供に連れて来たのは河内浦の城の者ばかりで、皆が階を登ったところで離れて待った。

鎮尚の容体が悪いと知らせがあったのは半年前だ。お京はなかなか決心がつかずに、戻って来るのが遅くなった。

赤井を離れてしまうと、今はもうこのまま河内浦に居続けようかと、また迷っている。

寝間に横たわった父は声もずいぶん小さくなり、二言三言と話すとすぐに眠りに落ちた。前は河内浦と本渡を一日で行き来した鎮尚も七十を過ぎ、家督は昨年のうちに久種に譲っていた。

お京が見舞いに天草へ戻ると言ったとき、弾正はともには行けぬと首を振った。城下にいる里桜の方の病が篤かった。

――姫を天草から、連れてまいるとき、何があろうと助けるつもりで、おったのだ。

弾正はもうお京に隠すこともなく里桜の屋敷で過ごすようになっていた。

――姫には、済まぬことじゃ。

目をそらして城を出て行く弾正を止める術など、お京は持ちあわせていなかった。

「姫様のおそばを離れなかった平助はどうしたのですか。九州はいくさが激しいと聞きますが、今も赤井の城を守っているのでしょうか」

アルメから目をそらして顔を伏せたとき、平助の姿が浮かんだ。

――天草へ帰りませぬか、姫様。

お京の耳には幾度となく平助の言葉がよみがえる。空を見ても山を見ても平助の案じ顔が浮かぶ。

「弾正様とはたいそう仲睦《なかむつ》まじいと伺っております。まことに祝着にございました」

「そのようなことは。今日ここへ参りましたのは、父に頼みごとをされたゆえでございます」

お京は話を転じた。

「アルメ様のお力で、なんとか志岐の麟泉殿をもう一度切支丹にしていただきたいと申しておりました」

鎮尚はいつからか麟泉とすっかり親しくなっていた。麟泉が棄教したのは十年も前だというのに、病の床でもまだ関わるつもりのようだった。

アルメは笑って首を振った。

「天主教に立ち返られるものなら、自らおいでになるでしょう。麟泉殿にはいらぬ世話でございます。お京様も、人に襟首をつかまれて切支丹になるのはお厭でしょう」

「私は神の声も聞こえたことがございませぬ。それよりは母の……」

人の音《こえ》せぬ暁に、ほのかに夢に見えたまう――

お京は胸が詰まって口がきけなくなった。

天主も仏も、お京には姿が見えたことはない。どのみち、もうお京のところへ現れてくれるはずはない。

今のお京には母の今様でさえ、はるかに遠い。

「洗礼を授かろうと考えたこともありました」

お京は頭を振って、両手に顔をうずめた。

「姫様、どうなさいました」

アルメは肩を抱えるようにして御堂の濡れ縁に腰を下ろさせた。それからしばらくお京が口をきけるようになるまで、アルメはそばに座っていてくれた。

「アルメ様、平助は死んだのです。腹を切って」

アルメの手が、ぴくりとこわばった。

「私が殺したも同然でございます」

それだけ言うのがやっとで、お京は膝に突っ伏した。

赤井の城で、平助はお京のためにお絹を斬った。あの優しい平助がそれだけでもどれほど己を責めたか分かっていたのに、お京は平助を思いやることができなかった。

「私など、生きているのも罪深うございます」

「何を申されます。生きていてはならぬなど、この世にそのような者はおりません」

アルメはお京の背をさすり続けた。

嫁いでからずっと、弾正は一日も欠かさずお京に優しくする。その優しさが決してまがいものでないことを、お京は誰よりもよく分かっている。

だからお京はどうしても弾正を拒むことができない。里桜の方のもとへ行っても、帰ってくればまた夫婦に戻ってしまう。

「私は父をも欺いてまいりました。平助は肥後で息災にしていると、満ち足りているふりをしてまいりました」

「……」

「父を案じさせたくないなどと、言い訳でございます。愚かな我が身があまりにも恥ずかしく、とても真実が話せなかったのでございます」

それどころか、父の手を握りながら、真実を知られる前に死んでほしいとの思いさえ頭をよぎった。

「お京様、一つ私の願いを聞いてくださいますか」

「アルメ様の願いなど」

お京は頭を振った。アルメのためにできることなど何もない。

「志岐の麟泉殿の城下に長年の友がございます。兜巾殿と申して、私とは同い年でございます」

ずいぶん変わった名だとぼんやり思った。切支丹でも僧でもなく、つつましい暮らしを数十年も続けながら南蛮人の字書を作っているという。

「これからいよいよ大勢の西洋人がこの国へやってまいります。そのとき兜巾殿の字書は欠かせぬ物になるのです」

それは闇夜を導く星だとアルメは言った。粗末な紙の上に幾万という日本の言葉が集められ、その一つひとつが南蛮人にとっては星になるという。

「もしも私が天に召され、兜巾殿の字書を取りに行くことができなかったとき」

思わず口を開きかけたお京を、アルメは首を振って押しとどめた。アルメはもう六十近い年で、もとから人の寿命は誰にも分からない。

アルメはこれまでシルヴァやフェルナンデスの字書を次へつなぐ橋渡しをしてきた。だがそれも、この先はできるかどうか分からない。

「兜巾殿を、貧しい夫婦がずっと手伝っております。たしか妻のおせんはお京様と年も近いはず。その者たちが兜巾殿の字書を持って参ったときは、どうぞ庇護してやってくださいませ」

アルメはお京の手を取って、頭を上げさせた。

「なぜ私のような者に。天草には司祭館もございますのに」

ほかにも天草には教会堂や、コレジヨと呼ばれる天主教の学林がある。

「天主教の司祭館など、いつ焼き討ちに遭うかも分からない処でございます。まして修道会には、お京様たちのお知りにならない根深い諍いもある」

アルメはお京に微笑みかけた。

「兜巾殿の字書は、いずれは我ら西洋人よりも日本の役に立つときがまいります。それゆえ、日本の人々が自らの手で守らなければなりません」

きっぱりとアルメは言い切った。

この天草には鎮尚がいて、アルメはもしものときに縋《すが》るのは天草家だとずっと考えてきた。

それでも人はいつまでも生きているわけではない。情やきれいごとではすまない、兜巾たちの字書を未来へつなぐための話だ。

「お京様。おせんはあなた様と同じ苦しみを持った女子でございます」

報われぬ夫婦かとふと考えたが、アルメはそれを見通したように笑って首を振った。

「お京様も、弾正様とは仲睦まじくお過ごしでしょう。おせんと小六は、類まれなほど満ち足りた夫婦でございます」

アルメの顔から優しい笑みが消えることはない。

「これから都がどうなっていくか。この天草の学林のことも、私の考えすぎであればよい。ですが、もしものとき……」

そのときはどうぞお助けくださいと、お京の手を強く握りしめた。

だが九州で島津や竜造寺がたいそうな勢いであることはアルメも知っているはずだ。赤井城に比べれば、天草の学林のほうがよほど頼りになるはずだ。

「アルメ様。赤井の城はいつまで保《も》つか」

「姫様は、いざとなれば天草へ戻ってまいられませ。天草の民は誰一人、姫様を忘れてはおりません」

「天草の者が、私を？」

お京は階にいる供たちを振り向いた。皆がじっと佇《たたず》んでお京を待っている。

お京の手をにぎるアルメの手のひらは温かい。アルメは今、お京に生きる道を授けてくれている。

「何もお案じにならず赤井城へお戻りください」

「赤井城へ……」

アルメは胸で十字を切り、お京の額へも同じようにした。

「御仏はいつもお京様のおそばにおられます」

仏は常にいませども、現ならぬぞ哀れなる――

寺の階を下りたところでお京は後ろを振り返った。

アルメが手を上げて微笑んでみせたとき、彼こそ人を導く星なのだとお京は強く思った。

四

天正十三年（一五八五）、麟泉は城の広間で盃を傾けながら、下段に並んで箱膳に箸を伸ばす五人衆をぼんやりと眺めていた。めずらしく庭先の前栽《せんざい》が雪を被っている正月の夕刻のことだった。

長いあいだ本渡をかけて争った天草鎮尚はすでに亡く、跡を継いだ久種が上機嫌で皆に酌をして回っている。

久種は父の鎮尚ゆずりの温厚ないくさ嫌いで、五人衆がそろって正月祝賀とはあの世の父もさぞや喜んでおりましょうと、屈託なく笑っている。麟泉だけが上座にいることなど気にもとめず、継嗣の諸経と九州のいくさ話に興じている。そして諸経もまた、年の近い久種になんの疑念も抱かず、ただ打ち解けて酒を酌《く》み交わしている。

ここ十年のあいだに天草では上津浦氏の姫が栖本氏に嫁ぎ、栖本氏の姫は天草久種の妻になった。志岐氏と大矢野氏はそれぞれ山気を持たずに九州の名門から妻を迎えているから、天草は今や五人衆のもとで一つに結びついていた。

もとはと言えば天正六年（一五七八）、豊後の大友宗麟が日向《ひゅうが》国耳川《みみかわ》で島津義久に大敗を喫してから、にわかに天草の周辺があわただしくなった。九州探題《たんだい》でもある宗麟が敗れるとは寝耳に水のできごとで、宗麟とよしみを通じていた天草にもいくさの気配は伝わってきた。

宗麟が敗れた翌年、麟泉は佐賀の竜造寺に敗れ、人質を出してどうにか島へ帰ることができた。諸経の妻の里である島津と結んで水軍を使ったが、肝心の舟に島津の兵糧《ひょうろう》を山のように積まされて、のろのろと進んでいる間に火矢をかけられたのだ。

そこからの竜造寺はまさに飛ぶ鳥落とす勢いで、その明くる年には五人衆総出で島津と結んで攻めたが、やはり勝てなかった。

――あのような者は必ず滅ぶ。

あの時分、麟泉は肥前の海を睨んで毎日のように歯ぎしりをしていた。竜造寺に人質に出されていた肥後隈府《わいふ》の城主、赤星統家《あかほしむねいえ》の子らが無惨に磔《はりつけ》にされたという風聞が流れて来たからだった。

竜造寺の横暴は目を覆うばかりで、赤星氏がついその出陣の命を逡巡しているあいだに幼い兄妹は磔にされた。赤星氏にすれば呼ばれて出かければ討たれるのは目に見えていたから、動くことができなかったのだ。

竜造寺隆信に磔にされるとき、怖がって泣く妹をまだ十四の兄が気丈に励ました。幼い二人が並んで槍に突かれたという最期は、周囲に群がっていた見物の口からあっという間に九州一円に広がった。

それからも竜造寺は手を緩めず、ついに島原の有馬を攻めにかかった。有馬晴信《はるのぶ》は島津氏に救援を求め、麟泉たち五人衆も兵を出した。

――有馬が倒れれば、次は天草じゃ。

天草種元はそう言って本渡城をからにして海を渡ったが、鎮尚の跡を継いだ久種は河内浦に留まった。

天草家は二度といくさをしてはならぬと鎮尚が言い残したせいだったが、麟泉は五人衆の一人として情けなかった。赤星氏の幼い兄妹が礫にされる前から、竜造寺のいくさぶりを憎んできたからだ。

そんな敵とは戦ってこその領主ではないか。五人衆にしてみれば、有馬に倒れられれば竜造寺はじかに迫る。まさに後のない戦いだった。

有馬に島津、そこに天草五人衆が加勢しても、兵は竜造寺の半分にも満たない。しかも島津は大友宗麟の南下を抑えつつ薩摩から北上を続けている最中で、攻め入ったばかりの肥後辺の離反を気にかけ、有馬の後詰《ごづめ》の天草五人衆の、さらなる後詰にすぎなかった。

麟泉は盃をあおりながら久種に目をやった。

いい気なもので、九州のいくさもこれで収まるだろうと、腰を浮かせて酒を注いでいる。いかにも左様と、まっさきにうなずいているのは諸経だ。

どうにも気がふさいで、麟泉は脇息にもたれこむしかなかった。この天草の、若い武将たちの見通しの甘さはどうだろう。

かつて大友宗麟は嫡男のいくさ下手を嘆いたというが、上手も下手も、要は持って生まれた性分による。戦国の世に己の生まれた城にのみ留まって、隣の城と手を結んで喜んでいるようでは、いずれ志岐家もあの庭先の雪のように溶けてなくなるのではないか。

麟泉は酒を足すと瞑目した。

有馬を攻めた竜造寺隆信が多勢を誇って軍を進めたのは、志岐からすぐ見える対岸の沖田畷《おきたなわて》だった。

沖田畷は島原のなかでも海に近く、辺り一面に泥田が広がっている。島原は雲仙岳のせいか土が粘り気を帯び、逆に海に張り出す断崖はもろく、年々波に洗われて形を変えている。

隆信は沖田畷で島津の釣り野伏《つりのぶせ》にあって、湿地に細く伸ばしていた軍列をあっけなく引きちぎられた。あとは混乱の中で主君を守ろうとする家士もおらず、泥に押しつけられて首を掻き切られた。

泥から拾い上げられたその首は、生きる最期に飲んだ土で喉の奥までふくらんでいたという。

「今時分、隈府城では皆が泣いて喜んでおろうの」

麟泉がつぶやくと、耳聡《みみざと》く久種がこちらへ顔を向けた。

「新六郎《しんろくろう》をあのような目に遭わせてのう。まだ元服も済ませておらなんだとは申せ、魂《こん》魄《ぱく》となって参陣しておったろう」

磔にされた赤星兄妹の兄が新六郎だ。その母は幼い二人を無惨に殺され、正気を失ったとも聞いている。いくら戦国の見せしめとはいっても、幼子にそこまでするのは例のないことだった。

久種は盃と徳利を手にやって来て、にこにこと肩を揺すって下段から注ごうとした。
「これは気づかぬことであった。天草の久種殿じゃ、どうぞこちらへお上がりくださ
れ」
「なにを仰せになります。それがしなど若輩者にございます」
顔の前で大きく手を振って、久種はあっさりとその場に腰を下ろす。
城主にしては控えめすぎるこの気性には、晩年いよいよ朗らかになったという鎮尚も
さすがに物足りなかったのではないか。
麟泉は鎮尚のために嘆息し、いやいや天草家は皆、ただの切支丹に成り果てておったわ
と思い直した。
苦々しい思いで久種の注いだ酒をあおり、座を見回した。五家が五家とも、一つに結
んで後は九州に張り合う気概もないとは、天草の武将は一体どこまで穏やかな気質なの
だろう。
やがて天草種元が久種のそばへ来た。本渡城をついに麟泉に奪わせなかったこの武将
だけが、今や天草にとっては頼みの綱かもしれない。
「この先、さぞ九州は大ごとになりましょうな、種元殿」
麟泉が水を向けると、種元ばかりは手応えのある笑みを返してきた。
「まことに麟泉殿の申される通りですな。私も肥後のことを思うては眠れぬ日も多うな

りました」

「肥後？」

種元は苦い顔でうなずいた。肥後の赤井に姪が嫁いでいるという。

麟泉はすぐに思い当たった。木山弾正とともに志岐に立ち寄った、美貌の姫だ。

「ああ、お京殿か」

肥後の弾正は長年、火の神の末裔《まつえい》といわれる阿蘇氏とよしみを通じてきたが、その阿蘇家がこのところ島津家の激しい圧迫を受けていた。

これまで北に竜造寺、南に島津、そして東に大友があるなか、阿蘇氏に守られてひっそりと息をしてきたのが弾正たち肥後の国人《こくじん》だった。だから弾正は西の天草と縁を結び、お京を妻に迎えたのだ。

「阿蘇家も今では頼りになる武将の一人もおられぬありさまとか。竜造寺が倒れたとて、島津がさらに勢いを増すだけのことでございます」

島津氏は天草の五人衆と同じく古い家柄で、鎌倉殿の御世から守護をつとめ、当代島津義久ですでに十六代を数えている。

義久には弟が三人もあり、揃いも揃っていくさ巧者で、大友をじりじりと追いつめている。加えて大友家の当主、宗麟はすでに高齢で、嫡男は父ほどの器ではない。

「弾正殿はずっと阿蘇家に仕えてまいられたが、配下の城は次々、島津に鞍替えでございます」

「いやしかし、阿蘇家は神代の昔からの大宮司と申すではございませぬか」

久種が口を挟んだ。

「阿蘇家に矢を射掛けるとは神をも恐れぬ仕儀にございます。いやいや、滅多なことはありますまい」

またしても諸経がまっさきにうなずいてみせている。

種元は手酌で酒を注ぎながら、麟泉に向き直った。

「赤井城はあと一年も保ちましょうか」

土地が切り取り次第という世になって、宮司も古い家柄ももはや何の枷《かせ》にもならない。いずれ誰かが総取りするまで、九州のいくさは果てることがない。

「恥ずかしながら私は、昔からお京にはなにやら格別の思い入れがございましてな。どうにもあれが天草におるのは不憫《ふびん》でならぬものでした。赤井へ嫁にやったのも、私が無理から縁づけたようなものでございます」

あの姫はそういえば、わざと天草を外して嫁に行ったのだ。今でも顔がすぐに思い浮かぶほど、天草と引き換えにしても惜しくない美しさだった。

種元は眉をしかめて一息に酒をあおった。

「お京のことは諦めねばならぬかもしれませぬ」

赤井などへやるのではなかったとつぶやいたが、麟泉は何も言えなかった。たとえ城が落ちても女子供の命までは取るまいと思うのは、甘いのだろうか。

だが狂気を秘めた竜造寺に食われるよりは、島津とならば満足ないくさで終いにできるかもしれない。諸国に小さな城が乱立して国人が競り合いを繰り返す、そんな世はいつかは終わる。

「肥後のお京殿の運命は、そのまま天草の運命にほかならぬ」

麟泉は種元に酒を注いだ。天草の雲行きが見えているのは、きっと麟泉とこの種元だけだろう。

盃を掲げたとき、種元も静かにうなずいて酒をあおった。

火の章

一

「やはりそこに、おったのか」

振り返ると弾正が立っていた。

「参ってやるのも、これが最後になるでしょうから」

お京が立ち上がると、線香の煙があとを慕うように高く昇った。

赤井城の城壁のたもとに、お京は平助の墓を作っていた。石工《いしく》に名を刻ませ、脇にはきぬと記した石もある。

二人の墓のつもりで、実際にこの下に平助たちは眠っているが、百姓だというお絹の二親《ふたおや》がここへ来ている気配はなかった。花を手向けてやるのはずっとお京一人だった。

た。

「殿も参って来られたのですか」

「ああ、昨日のうちに」

赤井の城下には里桜の方の墓があり、弾正は毎日のように城を出てはそこへ通っていた。

それがどんな場所なのか、行って何を話しているのか、ついにお京は尋ねずじまいだった。

「平助はずっと、そなたを天草へ、連れ戻そうとしておったな」

弾正が平助の石に手のひらを置いた。

赤井城は山あいに建つが見晴らしはよく、ここからは城下がよく見える。この城がなくなっても、平助は赤井を見ることができる。

だが平助の魂は天草へ帰りたがっているだろう。

「平助には髪を置いて行ってやろうかと、迷うております」

そのつもりで鋏《はさみ》を持って来たが、いざ石に刻まれたお絹の名を見ると、手が動かなかった。お京の髪に妬《や》いていたというお絹は、平助の墓にこの髪が手向けられるのは厭かもしれない。

「かまわぬではないか。姫は、平助のことだけ、思うてやれ」

弾正はお絹がただの僻《ひが》みでお京を襲ったと思っている。平助から里桜の方のことを聞き、そのせいでお京が平助を惑わせたと勘ぐったとは、考えてもみないのだ。

お京は髪を一掴み束ねて切ると、お絹の石から見えぬ場所でそっと土をかけた。弾正が踵《きびす》を返し、お京がその後に従ったとき、線香の煙がまたふわりとまとわりついてきた。

山桜の枝が花びらを散らして風に揺れている。そこかしこで銅鑼《どら》が鳴り、城壁の隙間から外を見ると、辺り一面が鉄砲をかついだ足軽で満ちている。

島津の丸に十字の旗指物が無数に風にひるがえっていた。赤井城のすぐ近くには弾正がかつて居城にした木山城があるが、手庇をたてて眺めたときはすでに白い煙が立ち上っていた。

天正十三年（一五八五）、北上を続けていた島津に阿蘇氏が降《くだ》り、ついにその大軍勢は赤井に達した。島津では一万にも及ぶ足軽がそこかしこで悠々と鉄砲を持ち、当主義久の三人の弟がそれぞれ巧みにいくさを仕掛けた。大友宗麟ですら、いつまで島津に向こうを張っていられるか危うくなっている。

弾正が奉行を置いていた木山城は昨夜落ち、今日は赤井城に最後の夕日が沈んで行く。それでも島津はいっこう赤井城には攻めかけて来なかった。

お京と並んで城下を眺めている弾正の身体は、夕日を正面から浴びて赤く染まっている。

「少しは役立つ城ゆえ、我らが出るのを、待っておるのだ」

弾正は具足に身を包み、お京の先に立って天守閣へ上って行く。

「攻めずとも門を開くと、思うておるのであろう。木山城は、見せしめじゃ」

赤井川から引いた粗末な堀は水も涸《か》れ、山上の城とはいっても島津の鉄砲なら天守まで届くかもしれなかった。

一昨日あたりから赤井城には木山城の者たちが逃げ込んで来た。弾正は女も子供も分け隔てなく城へ入れたが、もとから兵糧など大して蓄えてはいない。籠城しても助けが来るあてはないから、いたずらに死人を増やすだけだった。

「降る者までは、命は取らぬであろう」

島津のやり方は、決して騙し討ちにはせず、和睦を望んで臣従した者にはそれ相応の働き口を与えると言われていた。だから木山城の家臣たちも、城を明け渡した今は島津の軍勢に加わっているのかもしれない。

木山城は弾正の戦意をそぐため、さっと泥をかけるように踏み潰したのだ。

「殿には、籠城なさるおつもりはないのでございましょう」

弾正は黙って天守の外を見下ろしている。

小さな城といえども城下には女子供もたくさんいる。まだこれからという侍も多い。

「殿が城を明け渡されれば、若い者たちは島津で働くこともできましょう。さすればこれからの世に、たいそうな立身を遂げる者とて出てまいります」

「それを楽しみにするのも、また一興じゃの」

戦国の世に領分を広げようともしなかった弾正の恬淡《てんたん》さを、今もお京は尊いと思っている。

「荷は一切、携えては行けぬぞ」

「私は殿とならば、いずこへも参るつもりで赤井へ戻って来たのでございます」

弾正はお京の肩を抱いて窓辺から離れた。もうこの天守から赤井の城下を眺めることもないだろう。

城の玄関に立ったとき、配下たちが馬を引いて来た。さすがにどの顔も強張っているが、いくさを望んでいる者はいない。

お京は天守を見上げた。

弾正の住むこの城へ嫁いで来たのは十五年前だ。細々とした堀と土塁を持ち、狭い城下には里桜の方の屋敷もあった。里桜の方はみまかったが、弾正はいつか天守で尋ねたあのときのほか、いっさい何も話そうとしなかった。

「城に火をかけても宜しゅうございますか」

里桜の方を失い、抜け殻のようになった弾正の幻とともに、お京はこの城のすべてを焼いてしまいたかった。

「ああ、かまわぬ。好きにいたせ。ここは姫の城ゆえ」

そうだ、これはお京の城だった。弾正がお京にただ贅沢をさせようとした小さな城だ。

――姫様、天草に帰りませぬか。

平助の声が聞こえて、お京は唇をかんだ。打ち掛けを脱ぐときは、馬に乗るのに都下りの衣は邪魔になるだけだと言い聞かせた。

庭の山桜を切らせて縁側の障子に立てかけ、打ち掛けをその上に包むように置いた。まだ里桜の方を知らなかった時分に弾正が仕立てさせた、大きな牡丹の縫い取りがある衣だ。

弾正がしゃがんで燧石を打った。ぼっと炎が上がり、風を受けて打ち掛けは大きくひるがえった。

衣の裾が縁側の障子につくと、あとは炎が梁《はり》を走っていった。

お京は襟の内側に髪をしまいこんだ。

「さあ、皆。行くぞ」

弾正がお京の手を取り、家士たちもそれぞれに馬に乗った。

城の山を下りると島津の足軽たちが道を開いてこちらを眺めていた。その中央に馬を走らせる弾正の背を、お京は無心で追って行く。

どこまでも島津の軍勢が続き、そのあいだをお京と弾正は馬を並べて駆け抜ける。軍勢が切れたとき、弾正は足をゆるめて馬上から城を振り返った。

「殿……」

山上の天守の窓から白い煙が細く上がっている。お京は心の中で赤井城に向かって手を合わせた。

この光景をお京は以前見たような気がする。赤井へ来たときから、いつかは天草に戻ることになると思っていた。

「いざ天草へ」

弾正はふたたび馬に鞭をあてた。

「さてさて、島津に奉公したい者は残るがよいぞ」

島津の軍勢の後ろで声が上がる。揶揄《やゆ》しているのではなく、これが落城なのだ。

弾正もお京ももう振り返らなかった。後に幾人がついて来ているのか、蹄の音からは何も分からない。

二

天正十五年（一五八七）三月半ばのその日、豊後府内は夕刻から冷たい雨が降り、夜半には風とともにみぞれが混じるようになっていた。麟泉たちは島津の軍勢から府内に点在する屋形の一つをあてがわれ、大友とのいくさに備えて具足を磨いていた。

島津がついに大友氏を降したのは前年の師走、戸次川《へつぎがわ》での戦いだった。大友氏は豊臣秀吉に救援を求め、ついに秀吉が九州征伐の大号令をかかげて大坂を出立した。

まずは四国の諸侯たちが九州に入り、あと数日のうちには府内に達するだろうと伝令も届いていた。麟泉たちは島津義久から、天草は勝手次第との起請文《きしょうもん》を得て加勢していたが、島津の大軍勢もすでに府内に集結し終わっていた。

「よう降る雨じゃ。これでは鉄砲が使えぬゆえ、島津殿も手こずられるかもしれませんな」

諸経が手を止めて、誰にともなくつぶやいた。

そのとき板間に雨漏りがして、ちょうど下にいた諸経は月代《さかやき》を押さえて天井を見上げた。このような屋形が城だとな、と具足を投げ出して顰《しか》め面になった。

「まこと宗麟殿は、府内をようもこのように手薄な備えで守ってまいられたものじゃ。我らの天草の城のほうが、よほど城らしいではないか」

宗麟が強大で、府内に踏み込める者がなかったからだ。

「それにしても島津殿は、うまいことを申されたものよ」

諸経は胡座をかいた足に肘をつき、軽口も勢いを増してきた。

「島津殿はこの辺りの屋形をごらんになって、妾《めかけ》の館と申されましたぞ。そういえば女子の好みそうな屋形がそこら辺りに散らばっております。府内の城と聞いて入ってみれば、こうして雨漏りもするありさまじゃ」

これはよほど粗略にされた妾の住まいじゃとむくれると、広間にいた一同がどっと笑い声を上げた。

「島津の義久公はなかなか痛快な御仁とお見受けしましたな。妾の館などで戦えるかと、当たり散らしておられましたぞ」

「たしかに言い得て妙じゃ。鉄砲狭間の一つ、ありはせぬからな。これでは火矢を射かけられれば半刻ともたぬであろう」

久種が笑って応じている。麟泉は何か胸に不吉な雲が湧き立つようだった。

ここは真実、女の侘び住まいと呼ぶに相応しく、火でも付けば鉄砲を構えているどころではない。以前この地をあっさり落とした島津家久は勇猛で知られる義久の弟の一人だが、府内からは一足先に引き上げて南の松尾城に移っている。

海にも近い府内とちがって、あちらはともかく丘の上だった。城にこもって戦うというからには、堀も曲輪《くるわ》も、土塁もあってこそだろう。

耳を澄ますと、外は夕刻よりも雨脚が強まっている。庭ばかり広い屋形では雨の音が人馬の声のようにも聞こえる。

「このような地で、秀吉の十万とどのように戦うのであろうな」

とぐろを巻いた蛇の傍らにでも腰を下ろしているような心持ちがしていた。秀吉がどれほどの船で十万の軍勢を寄越すのかは分からないが、ここは海にも近すぎる。

広間には麟泉の言葉を聞いている者もおらず、雨はさらに強くなっていった。

明け方まで雨は降り続き、麟泉は寝覚めも悪かった。ようやく外が明るくなって起き出したとき、周囲の屋形は静まっていた。

麟泉たちが長い土塀の内側で火を熾していると、ちょうど行厨《こうちゅう》が温まった頃に雨の上がる気配がしてきた。陣のそこかしこで小さな湯気が立ち、香ばしい麦飯の匂いがした。

「島津は朝が早いと聞いておったが、もう朝餉を済ませたか。騒がしいのは我らだけではないか」

「ああ、それが島育ちとの違いかもしれませぬ。我らは水軍となれば身が引き締まるのですが、陸をこうも遠くへというのは落ち着かぬことでございますな」

諸経はここへ来てからずいぶん話すようになっていた。養父とばかりいるより、年の近い五人衆と混じっているほうが気も楽なのだろう。

「さて、いくさはいつになりましょうか」

「ふむ。義久公にはお考えがあろう。朝餉が済めば、誰ぞ聞きに行かせるか」

「かしこまりました」

麟泉たちはそれから半刻ほどかけて朝餉を取った。ゆるゆると島津の本陣を訪ねた使者が血相を変えて戻ってきたのは午も近くなってからだった。

「ど、どこももぬけの殻でございます」

使者が麟泉の前へ転び出たとき、五人衆はまだのんびりと板間で足を伸ばしていた。

「もぬけの殻とは、何がじゃ」

「義久公の屋形には誰もおらず、馬一頭、残されておりませぬ」

思わず麟泉は諸経と顔を見合わせた。そのまま久種を見たが、これもきょとんとした顔で小首をかしげている。

「もしや海まで秀吉の船を見にまいられたのでしょうか」

麟泉ははっとして立ち上がった。

「湊を……、見てまいれ」

家士の幾人かが競うように駆け出して行く。麟泉は茫然と立ったまま、二の句が継げなかった。仮にもいくさ場で屋形に一人も残さず、全軍うち揃って湊へ馬を向けるはずがない。

妾の館などで戦えるかと、義久は声を荒らげたというではないか。

島津は麟泉たちには一言も声をかけず、薩摩へ帰ったに決まっている。五人衆は履き古した草鞋《わらじ》のごとく、秀吉の前に置き去りにされたのだ。

あまりに強く唇を噛み締めて、血の味が沁みてきた。

一体これほどの扱いがあるものか。同じ配下と考えていたなら、麟泉たちに挨拶があってしかるべきだ。

やがて物見が青ざめて帰って来た。折しも秀吉軍の先陣が船を着け、足軽たちがこちらへ向かっているという。

「島津殿のお姿は、湊にはございませんでした」

「もしやどこぞの山へ、いくさ場を移されたか」

諸経と久種はまだそんなことを言っている。その顔には一抹の不安があるだけで、麟泉のような怒りの色はない。

麟泉は板間の中央に腰を下ろした。

もはや天草五人衆の命運は尽きた。麟泉たちは島津の裏切りに気づきもしなかった。こんなたるんだ武将が五人いようが五十人いようが、島津が逃げるしかないと決めた秀吉相手に、万に一つも勝てるはずがない。

「妾の館などで戦えるものか」

麟泉は義久の言葉を吐いた。

天草を鎌倉殿の昔から治めてきた五人衆が、そろいもそろって豊後などに取り残された。麟泉はどうせ死ぬなら天草の地で死にたかった。

諸経たちがおずおずと集まって来る。

「麟泉殿、我らはいかがいたせば」

「もはや、どうしようもない。このまま妾の館に籠もるだけじゃ」

討って出るのも無益なことだ。生まれ育った天草の地ではなく、もとから島津も秀吉も知ったことではない。ここには守らねばならぬ領民もいない。

「豊後の、府内などで」

麟泉はしょせん九州のいくさの波を被ったこともない、島の生まれだったのだ。日本の諸侯がどのようないくさを経て来たかも知らず、十万の軍勢などと言われても思い描くことすらできない。

もう黙って、妾の館ごと火をかけられるしかない。五人衆はそれで滅びるのだ。戦国の世のすさまじさを真に知ったのは、ようやく今、命を終えるこのときだったのだ。

麟泉たちはそれぞれに瞑目し、耳を澄ませた。

無数の足音が屋形を取り囲んでいく。五人衆が恨みを呑んで死ぬ相手は秀吉なのか島津なのか、それさえも分からない。

静まり返った屋形の中を式台から駆けて来る者がある。今さら走ってまで注進《ちゅうしん》することなどなかろうに、天草の者は皆、いつまでも純朴だ。

「天草久種殿はおいでてでございますか」

注進の者が片膝を突き、板間を見回した。

「ここにおるぞ。いかがした」

久種が立ち上がった。

「志賀《しが》親次《ちかつぐ》殿と申される方が、お目通りを願うておられます」

「なに、親次殿がおいでか？」

久種はひょっと、古い友でも思い出したような顔をした。

「折り入って話があるとやらで、探しておいででございます。こちらへ参ってよいかとお尋ねに」

五人衆はそれぞれに顔を見合わせたが、久種は相好を崩してうなずいている。

「今生の別れにお会いできるとは重畳《ちようじよう》じゃ。入ってもらえ、入ってもらえ」

久種は気軽に家士のあとについて迎えに行き、やがて怪訝《けげん》な顔つきで一人の男と戻って来た。

それが親次らしいが、敵の屋形へ入るのに供も連れていない。

久種は麟泉と目が合うと、小首をかしげながら困ったように微笑んだ。

「このまま天草へお帰りあれと申されておりまして」

麟泉がぽかんと口を開いたとき、二人は並んで麟泉の前に腰を下ろした。

「それがし、大友宗麟が家臣、志賀親次にござる」

丁寧に頭を下げ、ふたたび上げたときには親しげな笑みを浮かべていた。

「府内をひととおり見てまいったが、すでに島津はおらぬ様子。我らは関白殿下より、島津を攻めよと命じられたのみにて」

親次は心底気の毒そうな顔をした。

「五人衆の方々は、雨音に紛れて置き去りにされなすったか。さすれば島津の味方とは言えますまい」

釣り野伏でござるよと、親次は愛嬌のある顔でうなずいた。

島津が得意とするのは、主力を風のように退かせ、勇んで追ったところが、左右に隠れた伏兵が横腹から撃ちかかるという戦法だ。島津は形勢が不利と悟ると、ことりとも音をたてずに軍を引く。もちろんそのとき左右に伏兵はいない。

親次は威儀を正して言った。

「このまま手向かい致さず天草にお戻りあれば、所領は安堵いたしましょうぞ」

「所領を安堵？　なにゆえ、そのようなことを」

「天草は切支丹の島ではござらぬか。切支丹を殺めては天主様のお怒りに触れる」

「天主？」

どこかで聞いたことのある言葉だった。麟泉が鉄砲を得るために切支丹になったのは、はるか二十年も前のことだ。

「わが主君も切支丹でござるゆえ」

親次が胸で十字を切ったとき、懐かしい宗麟の髭面が瞼に浮かんだ。元は熱心な仏徒だったが、いつからか切支丹になり、先ごろ南蛮に使節を遣わしたと聞いていた。

「それがしも切支丹ゆえ、久種殿とは長きにわたって同信のよしみでござる」

親次が久種に笑いかけたとき、皆が揃ってそちらを振り向いた。

当の久種は思いもかけぬという様子で目をしばたたいている。

「なにも天草の五人衆が関白殿下に弓を引かれたわけではない。本来、切支丹は殺生など最も忌み嫌うものじゃ」

「なんと、親次殿」

久種は膝立ちになって親次の両手を握りしめた。

「いやいや、それがしではござらぬ。わが殿と天主様の思《おぼ》し召《め》しでござる」

麟泉は茫然と二人を見ていた。本当にこのまま天草へ帰ることができるのだろうか。

親次が去って間もなく、屋形の前から足軽たちが姿を消した。麟泉たちが土壁の外に出てみれば、道が厳かに開かれている。

五人衆は馬の轡を引き、息を詰めてその間に踏み出した。

足軽たちの後ろには騎馬の者もいたが、麟泉が顔を向けると目顔でうなずいて静かに顔をそらした。麟泉のすぐ後ろには大矢野種基《たねもと》が涙を浮かべて続き、その肩を久種がずっと抱いている。

まるで狐にでもつままれたようだった。五人衆は府内を出ると、熊本には向かわず、北へそれて筑前の秋月《あきづき》を目指した。秀吉がすでに秋月城を落とし、そこを九州征伐の本陣としていたからだ。

麟泉たちはそろって秀吉に拝謁し、その麾下《きか》に加えられた。

――ようお味方くだされた。

秀吉はわずかも尊大にふるまわず、軽々と床几《しょうぎ》から腰をあげて五人衆一人ひとりの手を握った。

――儂は天草のことなど考えたこともなかったでのう。

猿のような赤ら顔で、頰かむり一つで百姓に紛れるような人好きのする老人だった。

その笑みを見たとき、麟泉は天草の地で争ってきたことが全て虚しく、煩わしくなった。己が手のひらに必死で摑んでいた志岐は、都の者にとっては芥子粒《けしつぶ》にすぎなかったのだ。

秀吉にすれば天草など、べつに欲しくもない小さな島だった。ならば麟泉はいくさなどせず、ただ笑って日の昇る峯を見上げ、夕日に染まる海を眺めて暮らしてくれればよかった。

五人衆は秀吉からそれぞれに新たな領分として天草を与えられ、その配下として島津攻めに加わることになった。

そして麟泉たちが水軍を司って薩摩の川内川《せんだい》まで攻め入った五月、島津義久は秀吉に降伏した。

その同じ月、豊後では大友宗麟がみまかった。秀吉に日向を安堵され、嫡男には豊後を賜ったが、自身の日向受封は辞謝していた。

最後には九州に秀吉を呼んだことを悔いていたともいう、五十八年の波乱の生涯だった。

三

本渡城の大手門の前に来たとき、おせんはふいに足が一歩も動かなくなった。

見慣れた志岐城より一回りも二回りも大きい、山の上にそびえる荘厳な城だ。

周囲は天然の川が引きこまれて深い堀になっている。大手門の横には広い明け地があり、午は火の消えた篝火《かがりび》のそばに門番の侍が槍をかまえて立っていた。

「ほんとにこの中におられるの」

おせんは小六の袖をつかんで、そっと囁いた。

二人はおのおの背負子を背負い、おせんのほうには油紙に幾重にもくるんだ兜巾の字書が入っている。

「ああ、それは確かだ。あの御方は昔から、どこへ行かれてもすぐ噂がたつ」

そう言う小六も、生唾を無理に飲み込んでいる。

お京は嫁いでいた肥後の赤井城が島津に滅ぼされ、叔父である天草種元のもとへ夫婦そろって身を寄せていた。小六は一つ大きく息を吸うと、門番の足元にうずくまった。

「司祭のアルメ様の使いでまいりました。小六とおせんでございます。どうぞお京様にお取り次ぎくださいませ」

おせんは背がぞくりとして小六の袖を引っ張った。アルメの使いというのは嘘だ。おせんたちはずっと前にアルメからお京の名を聞いただけでここへ来たのだ。

兜巾は五年前の冬、たった半日寝ついただけでみまかった。その前日まで筆を握り、字書の一枚一枚を丁寧に繰って数えていたが、その日は朝から起きて来ず、昼過ぎには眠るように旅立った。ただひたすら字書を書き続けた、働きずくめの五十九年の生涯だった。

兜巾の弔いを済ませるとおせんたちは河内浦へ行ったが、アルメもすでにみまかっていた。アルメからはずいぶん前に、南蛮の印刷機が来るまではどこの学林にも字書を渡すなと言われていて、そもそも切支丹でない小六たちには、どこに学林や司祭館があるかもよく分からなかった。

仕方なく兜巾のいなくなった小屋に戻って字書を持っていたが、去年、バテレン追放令が出た。有馬や豊後にあったセミナリヨや学林が各地を転々と避難し始めたと聞いて、このまま志岐にいては危ないと思った。

それでかねて頼るように言われていたお京のもとへ来たのである。

「お京様は本当に私たちのことを聞いてくださっているでしょうか」

「そうだといいが、相手は二万石の姫様だからな」

なんといっても本渡は天草で唯一、米の実る豊かな土地だ。平らな水田が広々と続き、太い道にはずらりと町家が並んでいた。海はひとまたぎで上島へ行けるような入江で、潮風といっても清々しく、おせんは遠い昔の、豊後の宗麟の城下町を思い出しながら歩いて来た。

やがて城へ伝えに入っていた門番が戻り、おせんたちは大手門の中へ通された。

広い式台で粗末な草鞋を脱ぎ、導かれるままに廊下を曲がって行く。明るい中庭が見えてきたとき、家士は縁側の障子の前におせんたちを置いて去った。

「お入り」

透き通った声がして、おせんたちはおそるおそる障子を開いた。

下段でゆっくりと顔を上げたとき、おせんはあまりに驚いて息が止まりそうになった。

これまで見たこともないような艶やかな白い肌に、潤んだように輝く黒い瞳がまっすぐこちらを見ている。

恥ずかしくて目をそらしたいと思っても、つい吸い込まれるように身を乗り出してしまう。お京の周囲だけ光が降り注いでいるようで、この世にこれほど美しい人がいるとは考えたこともなかった。

小六は頭を下げるのも忘れてただ茫然とお京を見ている。口がぽかんと開いて、背負子も下ろしていない。

「お前がおせん、そして小六ですね。小六は下がってよい。私はおせんと二人で少し話をします」

お京が抑揚のない声で言って、小六はぽかんとしたまま侍女に連れられて部屋を出て行った。

十畳ばかりの部屋に、おせんは一人で取り残された。

「お前のことはアルメ様から聞いています。アルメ様は私の父の手を取り、看取ってくださった大切な御方です。兜巾殿の字書というのは？」

おせんはあわてて油紙の包みを取り出した。たとえ誰の前へ出ても、おせんはこの字書だけは手から離すことはできない。それを思うと、少しずつ心が落ち着いていった。

お京はおせんに近づくように言った。

「兜巾殿はいつ亡くなられたのです」

「五年前の、秋の終わりでございました」

お京はそっと数えるように指を折った。

なんと白い、細い指だろう。その先には桜色の形のいい爪がそろって並んでいる。

「五年前というと、天正十一年（一五八三）の秋？」

輝く目を少し見開くようにして、お京が尋ねた。

おせんはあわててうなずいた。そのときお京がはじめて、わずかに笑みを浮かべた。

「アルメ様は以前、兜巾殿と同じ時分に死ぬような気がすると申されたことがある。本当にそうなったのね」

おせんは自分でも頰が赤くなっていくのを感じていた。

昔、天草でいくさが絶えないのはお京を取り合っているからだと言われたが、真実だったのかもしれない。あまりに美しいので、はっきりそう口に出すのはいけないことのような気がする。

「どうしたのです、おせん」

「……あまりに、髪が」

どうにかそう言うと、お京は微笑んだ。

「それよりも、兜巾殿の字書を私にも見せてくれるかしら」

はっとして包みに手を伸ばした。震える指で紐をほどくと、淡い光が居間に広がった。お京は包みを膝に載せた。その顔が下から照らされるのを、おせんは息を呑んで見守っていた。

「人にこれほど小さな文字が書けるものか……」

「およそ三万二千の言葉が記されてございます。耶蘇会の上長様が南蛮から戻られるとき、印刷機がまいるそうでございます。それで写しを作り、みなさまのお役に立てていただくのが兜巾様の願いでございました」

「たしかに、アルメ様もそう申されていた」

お京の細い指がそっと紙片をめくっていく。

兜巾の字書は紙の束を左側で綴じ、その綴じ紐のすぐそばから横並びに文字が書いてあった。そして行の中央には日本の言葉が連なっている。

日本の言葉の隣にはまた南蛮の文字が並んでいるが、兜巾は日本の文字を書くときだけは綴じ紐を上にしていた。あとはずっと字書を横にして、左から右へ書いていた。左の先頭にあるのが音《こえ》で、行の右端に少し長く書かれているのが、その語の意味だという。

兜巾は言葉を南蛮語のいろは順に並べたというが、おせんには何度見てもそれがよく分からない。だから兜巾が最後の日に並べたとおりにまとめて持っていることしかできなかった。

「バテレン追放令が出たと聞いても、私と小六では分からぬことばかりでございます。私は命に替えても兜巾様の字書を守らなければなりません」

「命に替えても、か」

お京が鼻で笑ったような気がしたが、おせんは懸命に頭を下げた。

「どうか姫様、兜巾様の字書をお守りくださいませ。南蛮から上長様が戻られるまで、どうかこの字書を」

「ならばお前は、私がそれを預かると言ったら、黙ってここに置いて行くのか」

おせんは驚いて顔を上げた。

「私はお前が思っているような立派な姫ではない。今日会ったばかりの私が、今ここでそれを受け取ると言ったらどうするのです」

「それは……」

おせんは包みに手を伸ばした。これを託して、そばから離れることはできない。

「私はお前などには想像もつかない傲慢な者じゃ。お前に黙って、この字書をどこぞへ売るかもしれぬ」

「姫様はそのような御方には見えません」

ふん、とお京は片唇だけで引き攣《つ》ったように笑った。

「侍はもとから、城を守るためなら平気で人も殺す。書き物を売るくらい、どうとも思うものか」

もとより切支丹でもないとお京は冷たく言った。

「私は天草にいることさえできれば、あとは何もいらぬ。お前はそんな私に命にも等しい字書を渡すのか」

おせんは夢中で首を振った。

お京は城下の百姓たちにもたいそう優しいのだと聞いている。この本渡から出た漁師の舟が荒れる海で沈んだときは、雨の中を夜通し松明を掲げて浜に立っていた。鉄砲水が城下の百姓屋を押しつぶしたときは、幾日も泥だらけになって土砂を除《の》けるのを手伝ったという。

お京のまっすぐな目を見たときから、おせんは字書を託すのは間違いなくここだと悟った。数多くの人々の中から、アルメが託せと言った姫だ。

「こ、この字書は、たくさんのものを犠牲にしなければ後の世に残らないのでございます」

おせんは必死で頭を下げていた。

兜巾を手伝うと決めたはるかな昔、なぜかおせんの胸にはそう伝わってきた。これがどんな書物なのか、何の役に立つのか、本当のところはよく分からない。

だがおせんはずっと文机に向かう兜巾の背を見てきた。アルメやツズや、ヴァリニャーノが涙を流したのを知っている。誰もが闇夜を導く星だと喜び、窓から射す日のような清らかな光を放つところを、おせんは幾度も見たことがある。

おせんは何を失っても兜巾の字書を後の世に伝えなければならない。たとえ小六が去っても、この字書だけはおせんの手で守りたい。

そのためにはどうしてもこの城の奥深くに置いてほしい。だがそれを見届けても、おせんはここを離れることはできない。これからもずっと字書の傍らで、おせん自身がそれを守って暮らしたい。

「お京様。私は兜巾様を手伝うために、夫にもずっと隠してきたことがございます。隠さねば、夫が去ってしまうと思ったからでございます」

もしもお京がそれを小六に話したら、小六はおせんの傍からいなくなってしまう。それでも兜巾の字書とともにここに置いてもらえるなら、おせんは小六のことは諦める。

「私はこの手で恐ろしい罪を犯して、ずっと小六を欺いてきたのです」

「いったい何をしたのです」

お京は悠然と笑みを浮かべている。おせんは膝に手を重ねて大きく息を吸った。胸の鼓動が激しく打って、腕がわななく。

「私は十二のときに人を殺しました。刃を男の腹に突き立てて、半日もその血だまりの中にへたり込んでおりました」

膝の上でしおらしく重ねているおせんのこの手は、どんなに洗っても決して落ちない血がついている。今でも眠りの浅い夜には断末魔の男の顔にうなされて飛び起きる。娘の千づるが死んだときは、その罰が当たったのだと真っ先に思った。

――お前にゃ、たしか妹がいたっけな。妙な気を起こせば、かわりに妹を連れて来るだけだ。

男が背を向けて下帯を付けていたとき、ぼんやりと星を見ていたおせんの手の先に男の匕首が転がっていた。

男が振り向きざま赤い舌を出してにやりと笑いかけたとき、おせんは匕首を摑んで男に跳びかかっていた。

すぐに男から首を締めあげられて、おせんは足が地面から離れた。

目の前が暗くなり、気が遠のいていった。

そのとき男の口から真っ赤な血が噴き出して、おせんはふっと息ができるようになった。

我に返ると、おせんは顔中に男の血を浴びて血だまりの中に手をついていた。生温かくぬるぬると滑って、おせんはそこから動くことができなかった。

どのくらいそうしていたのか、ぼんやりと何も見ていなかったおせんの目に、とつぜんアルメと兜巾の姿が映った。

「私はこの汚れた手で赤児を育てました。小六が知ればどんな顔をするかと恐ろしくて、ずっと黙ってまいりました。兜巾様のために、小六が働いてくれることがどうしても必要でした。ですが本当は、小六がおらぬ暮らしなど、私には……」

お京はじっとおせんから目をそらさない。

「兜巾殿の字書を守るためなら、お前はもう夫もいらぬのか」

おせんはうなずいた。人を殺して償いもせずに来たおせんは、字書とひきかえに小六を失っても文句は言えない。

そのときお京がふっと優しい笑みを浮かべた。

おせんが目をしばたたくと、二人だけの秘密ですよと、そっと口に人差し指をかざした。

「やはりおせんと私は似ているわ。私は人前では天草ばかりという顔をしているが、他にも執着しているものはある。おせんも字書、字書と言いながら、小六もかけがえがないのであろう」

「お京様……」

「意地の悪いことを言いました。アルメ様がわざわざ頼んで行かれたのです。お前たちをこの城から追い出すはずがないであろう」

そう言うと、お京はおせんを促して立ち上がった。

おせんは後について二の丸から本丸へ行った。そこには城主の種元が暮らしており、おせんは小六と並んで目通りを許された。

お京の母の弟にあたるという種元は、お京に似て美しい顔立ちだった。

おせんが顔を上げたとき、種元は驚いたように目を丸くした。

「なんと、おせんは亡き姉上によう似ておるなあ。お京は覚えておるまいが、なるほど、そなたが気に入るのも無理はない」

種元は気さくにおせんたちに笑いかけた。

「そなたたちは切支丹か」

小六が首を振り、おせんもあわてて同じようにした。

すると種元はがっくりと肩を落としてみせ、お京が弾かれたように笑い出した。

「城下の者は皆、お京が切支丹になるのを待っておるのだ。おせんが侍女になり、そばで始終祈っておる姿でも見せれば、その道も開けるかと思うたが」

「面目次第もございませぬ、叔父上。私は切支丹の祈りよりは、母上の今様のほうがよほど」

種元はため息をついて微笑んだ。

「仏は常にいませども、現ならぬぞ哀れなる……」

「人の音せぬ暁に、ほのかに夢に見えたまう」

お京が種元の続きを口にした。今様というのは、なんときれいな調べだろう。

――雨に濡れて、露おそろしからずだぞ、おせん。

どこからか兜巾の明るい声が聞こえてきた。おせんはついにお京のもとへ着いたのだ。

そっと隣を見ると、小六が嬉しそうにおせんに笑いかけていた。


おせんと小六が本渡へ移って、夢のように一年が過ぎていった。城では小六には弾正の用人の御役が与えられ、おせんはお京に仕える侍女に取り立てられて、毎日のように城の外まで野の花を見に下りていた。

その朝、おせんが二の丸へ行くと、お京は縁側の柱にもたれて庭を眺めていた。

本渡城は本丸から広い明け地を挟んで二の丸や複数の出丸があり、三方が険しい崖になっている。北には深い堀の向こうに尾根が続き、西の堀沿いの教会堂には祭礼のたびに城下から大勢の切支丹が集まって祈りをささげていた。

「お前はいつの時節が一番好き？」

おせんが傍らに膝をついたとき、お京が庭に目をやったままで尋ねた。朝日がちょうど峯から出たばかりで、お京の白い肌は赤児のように明るく輝いていた。

「赤井城には山桜の木があったのよ」

弾正の城は雑木ばかりの山中に建っていたそうだが、お京は一本だけのその木が花をつけるのがいつも待ち遠しくてならなかったという。

「そういえばこの城には桜がございませんね。弾正様か種元様におっしゃって、植えていただかれてはいかがですか」

「いいえ、私は桜は好きではないの」

「まあ。桜がお嫌いだなんて、そのような方もおられるのですね」

「桜を見ると、ある人を思い出すの。もう亡くなったけれど」

お京の横顔は物思いに沈んで寂しげだった。この一年、お京が時折そんな顔を見せるのがおせんは気がかりだった。

「桜ほどはかない花もございませんから、それはお辛いでしょうね」

「河内浦の城にも桜はなかったのに、考えてみればこれまで桜を見なかった春はない」

「お京様はどうして河内浦ではなく、本渡城にお戻りあそばしたのですか」

おせんはお京のそばへ行くと、いつもしぜんに笑顔になった。

お京が生まれた河内浦は天草氏の本拠地で、城が四つあって村落は三十五にものぼるという。

河内浦へ戻ったとき弾正はその一つを与えられ、また城主になっていた。だが弾正は客将としてお京と静かに本渡で暮らすことを選び、ここへやって来た。

「兄のいる河内浦で暮らしても良かったけれど、殿はやはり少しでも赤井に近いほうが心も安まるでしょう。叔父がよくしてくれるからですけれど」

「種元様がお京様を大切にしておいでなので、弾正様もそう思われたのかもしれませんね。弾正様も種元様も、取り合いをするようにお京様を慈しんでいらして」

おせんは弾正の老いた顔を思い出して笑みが湧いた。

弾正はお京を、触れると溶ける雪とでも思っているのか、安心して指を伸ばすのはその髪だけだ。いまだにお京を宝のように姫と呼び、お京の姿を目で追っては満ち足りた笑みを浮かべている。

「私は若い時分、ずっと叔父上をお慕いしていたのよ。だから長いあいだ、生涯誰にも嫁がぬと心に決めて」

「まあ、それは。ですが無理もございません。本渡の女子は皆、種元様に夢中でございますもの。ましてや、まだお若い種元様でいらしたなら」

こっくりとお京はうなずいた。口元に明るい笑みが浮かんで、おせんはほっとした。

「種元様は今もお京様を格別に思し召していらっしゃいますのに、お近しい姪の姫様とはお気の毒なことでございました」

少しからかって言うと、お京もくすりと微笑んだ。

「私が二十歳を過ぎたとき、叔父上はふざけて父上に、いっそそれがしが妻にしようと申されたのよ。それで私はいよいよ嫁ぎ遅れて」

「それはまた、姫様はずいぶん本気でいらしたのですね」

「ああ、そうかもしれぬ」

おせんは肩をすくめた。この美貌で天草一の領主の姫では、種元以外にふさわしい武将は見つからなかったのかもしれない。

「私は殿と会うまで、生涯誰も好きにはならぬと決めていた。殿について赤井へ参るときも、まだ叔父上をお慕いしていたから」

おせんは微笑んだ。あの弾正が、そこまでの心変わりをさせたのだ。だがお京はどこか寂しげな顔になる。

「天草を出る方便に殿を使ったつもりが、私のほうこそ使われていた。私ほど愚かな女もおらぬ」

おせんは意味が分からずに首をかしげた。お京はただ静かに遠くを見ている。

「人の縁とはふしぎなもの。幼いときからずっと、叔父上より見場のよい、強い武将でなければと思ってきた私が、好いてみれば父上ほど年の離れた人だとは」

お京が弾正を思うとき、おせんの頭に浮かぶのは小六だ。千づるが死んだときも小六は一言も愚痴をもらさず、根気強くおせんの背をさすっていてくれた。

兜巾について天草へ戻ってすぐ、おせんは小六に励まされて母親たちに会いに戻ったことがある。だがおせんが必死でたどった道の先には打ち捨てられた村の跡があるだけで、皆がどこへ行ったかは分からずじまいだった。そのときも小六は、きっといつか思いがけないときに会えるものだと優しくおせんの肩を抱えて連れ帰ってくれた。

「誰を好きになるかは定めのようなものでしょうか。人は皆、心のままに人を愛するようで、夫婦になる相手ははじめから決まっているのかもしれませんね」

おせんは小六と巡り会い、兜巾とアルメがお京に会わせてくれた。誰に授かったかも分からない、ありがたい強い縁に導かれてここまで来た。

「ねえ、おせん。今時分、肥後は荒れているのでしょうね」

「お京様……」

「殿は、どれほど赤井へお戻りになりたいであろう」

お京の黒髪が澄んだ朝日を静かに跳ね返している。

天草五人衆が秀吉の麾下に入って間もなく島津家も秀吉に降り、天正十五年（一五八七）に九州の国分けが行われた。肥後の南半分は小西行長という切支丹大名が領有し、北半分は切支丹を毛嫌いする加藤清正が治めることになった。天草は五人衆に安堵されたが、秀吉が軍勢を出すときは小西に属してその下知《げち》を受けることになったという。

天草の支配がこれまでと変わらず、表面、小西の庇護に入ったのは島の切支丹たちにとっては有難いことだった。天下人になった秀吉が、京や府内のコレジヨをことごとく破却しはじめていたからだ。長崎が耶蘇会に寄進されていたことに秀吉が驚いて、日本は南蛮の支配地ではないと激怒したからだと伝えられていたが、長崎の辺りはいっとき騒然となった。

天草には大勢の切支丹が逃れて来たが、秀吉も海を隔てた島にまで特段のことはしなかった。ちょうど肥後で国人がいっせいに一揆を起こしたので、島は中央から忘れられていたのだ。

秀吉のバテレン追放令で日本を去った司祭も多く、天主教の学林は小西を頼ってぞくぞくと天草へ移り始めていた。セミナリヨは寺子屋のようなものだから案じなくてもよかったが、修練院や大学林は司祭や助祭ばかりで、浦上《うらがみ》や有家《ありいえ》、大村を転々としているらしかった。

もう何年前になるのか、いっとき兜巾のもとへ通っていたツズは、ちょうど追放令が出たときに助祭になったという。その後は府内の大学林で学んでいると噂に聞いたが、今はどこにいるのか分からない。

ずっとおせんに洗礼をすすめてくれていたが、もう忘れてしまったかもしれない。おせんたちが本渡城にいると知ったら、あの大きな目をくりくりさせてどれほど驚くだろう。

そのとき西の丸の先の教会堂から祭礼の鐘が聞こえてきた。いつ聞いても清らかな、心を洗うような音だ。

「お京様は……、切支丹になろうと思われたことはないのですか」

お京はゆっくりと頭を振った。

「叔父上の城に手厚く迎えられ、皆からも恵まれていると思われて、なぜそれで私は満足せぬのか」

おせんが顔を上げると、お京の頬を涙が落ちていった。

「私はなにゆえ、なんの安らぎもない殿といまだに暮らしているのだろう。ほかに天草のためにせねばならぬことがあるはずではないか」

おせんは驚いて思わずお京の背を抱きかかえた。

「どうなさったのですか。お京様がお悲しみになることなど、何もございませんよ。お京様がお泣きになれば、城下の皆も、泣いてしまいます」

この本渡では、男はむろん女や幼子までが競うようにお京の笑みを見ようとする。お京をいちばん慈しんでいるのは弾正だが、叔父の種元もまた大事にしている。それでもお京は赤井の城を思うのだろうか。

お京はそっと袖口で涙をぬぐった。

「殿は私に、すまぬと詫びられた。それなのに私は今も、殿にまとわりついて」

「何を申されるのですか。弾正様ほど姫様を慈しんでおられる方はございませんのに、まとわりつくなどと」

弾正は始終お京を呼んでは、前栽の花が咲いただの、風が吹いただのと話しかけている。夕刻になると並んで縁側に座り、ゆっくりと日が落ちていくのを眺めている。そんなときお京は、弾正の傍らで訥々とした言葉にうなずいて、ときおり声を上げて楽しそうに笑っている。

お京と弾正のことは幾度、小六とも目配せをし合ったか分からない。種元が呆れたように、あれほど仲が良いとはとつぶやくのを聞いたこともある。

「殿が私のそばに参られるのは、ただご自身が話をなさりたいゆえじゃ。もっと話のできる女子が、代わりにおれば良かった」

「そのような。姫様も弾正様も、きっといつか赤井城にお戻りになれる日がまいります」

落城とはそれほど酷いことなのだとおせんは思った。

おせんはお京の居室に目をやった。兜巾の字書は、お京の居室のいちばん高いところで桐箱に入れてしまわれている。

いつか南蛮の印刷機が日本へ来たら、おせんはあの箱を届けに行く。そうすれば兜巾の字書はいっぺんにたくさん刷られて、この日本中の学林へ届けられる。

「お京様、きっと何もかも上手くいくときがまいります。兜巾様のあの字書も、このまま埋もれるはずがないのですから」

おせんはそう強く信じている。

兜巾の字書はたくさんの犠牲を払わなければ完成しない。中身などまるで読めないおせんだが、初めてあの字書が放つ光を見たときから、そのことだけははっきりと分かっている。

「ですから姫様も、今に赤井にお戻りになられる日がまいります」

おせんがそう言ったとき、お京は笑みを浮かべてうなずいた。涙はいつの間にか乾いていた。


天正十七年(一五八九)の八月半ば、おせんはお京と朝から城の外へ出て、抱えきれないほどの桔梗《ききょう》を摘んで二の丸へ戻って来た。弾正は馬の朝駆けに出ており、戻るまでに居室に活《い》けてしまおうと話していたところだった。

「や、弾正殿はおられぬか」

壺をもう一つ持って来ようと廊下へ立ったとき、種元が顔を洗ったばかりという出で立ちでやって来た。

「申し訳ございませぬ、叔父上。今朝はもう野駆けに出てしまいまして」

「そうか。儂もご一緒させていただくのであったな」

種元は寝坊を恥じるように鼻の頭を掻いた。

お京と種元はいつも朗らかで、並ぶと面差しが似ているのがよく分かる。幼いときから南蛮人を見慣れたおせんは、お京たちの彫りの深さや色の白さが南蛮人と似通っていると思っていた。

種元はお京の傍らに腰を下ろすと、手ぬぐいを首にかけて胡座を組んだ。

「さすが弾正殿は、古武士というに相応しい御方だな。もうおいくつになられた？　儂より十五は上だろうに、日々鍛錬を怠られぬ。馬や弓となれば、弾正殿のほうがよほど達者であられるぞ」

「まあ、叔父上はずいぶん卑下なさいますこと。さしもの弾正も、叔父上には後れを取ると存じますよ」

花を調えながら、お京はそっと種元を振り向いて笑顔を見せる。桔梗の花よりもこの二人のほうがよほど華やかで凜《りん》として、やはりおせんのような者とは生まれが違っている。

「お京はまだ切支丹にはならぬのか」

「今どき、何を申されるのですか。バテレン追放令が出ておりますよ」

お京の笑みは、相手にどんな煩《わずら》いも忘れさせる。種元はすでに目尻が下がっている。

「聞いておらぬのか。あの大和守《やまとのかみ》が、ついに切支丹になったそうではないか」

「まあ、叔父が」

驚いてお京は手を止めた。

大和守は鎮尚の弟で、お京にとっては父方の叔父にあたる。かつて鎮尚が河内浦に天主教を広めようとしたとき、寺社と結んで激しく抗《あらが》い、お京たちはいっときこの本渡城へ難を避けていた。

それから一年近くかけて鎮尚が寺社をなだめ、志岐家の援軍を得てようやく大和守たちを河内浦から追い払った。

すべてが収まったのは、まだ十年ほど前のことだ。

「上島の栖本家も洗礼を授かったというぞ」

「では五人衆で天主教を信奉しておらぬのは麟泉殿だけでございますか」

「ふむ。上津浦も、洗礼はまだだと聞くが」

天草の五人衆は、島津に与して秀吉に刃向かった二年前、一万田城という粗末な屋形に取り残された。そのとき切支丹に命を救われて大矢野氏は天草へ帰るやいなや切支丹になり、今では栖本氏も宗旨替えをしたという。

上津浦の家中にも切支丹は多いし、いっときは麟泉も切支丹だったことを思えば、天草はまさに島あげての天主教だ。

そこに熱心な切支丹である小西行長が関わることになったのは、二万とも三万ともいわれる天草の切支丹にとって心強いことには違いなかった。

種元はお京が活けた桔梗に鼻を近づけた。

「まあ儂も切支丹ゆえな。領内の皆が、お前をぜひ切支丹にしたいと申しおるゆえ」

「私のことはもうお捨て置きくださいませ。それよりも叔父上は、弾正に何か話があったのではございませんの」

二の丸に暮らす弾正は、夜は本丸へ行って種元にこれまでのいくさを語って聞かせるようなこともしている。九州でのいくさは天草とは何もかも桁違いだそうで、種元は弾正の話をたいそう敬っているという。

種元は縁側の外に目をやって襟元をくつろげた。おせんはあわててうちわで風を送った。

「おお、すまぬな。実は先だって、小西殿が肥後の城を新しゅうすると申してこられてな」

種元は胡座をかいた膝に肘をたて、わずかに暗い目になった。

この八月一日、小西行長が五人衆に自らの宇土城の普請《ふしん》手伝いを命じてきたという。

小西家はあの広大な肥後国を加藤清正と分け合っている、秀吉に任じられた十七万五千石の大名である。

小西は前からあった宇土城を、その石高に見合った大きな城に建て直すことにしたらしい。天守を三層に、曲輪を千畳敷にした、天草の城をすべて合わせても足下にも及ばない巨大な城を造るのだ。

「たかが宇土に、なにゆえそのような大きな城が要るのでございます」

お京は呆れたように言って立ち上がった。もう花活けもできあがった。

「城というのはいくさに備えるものゆえな。いずれ大きないくさが起こるのかもしれぬ」

肥後を分け合う小西と加藤は、長年いがみあっている。寝首を掻かれぬ用心ぐらいはしているだろうと種元は言った。

「それにしても、宇土と申せばあの上島の先でございましょう」

お京は軽く城の北東の空を指した。

天草では城といえばいくさの折だけ山に駆け上がって籠もるもので、これまで城自体に凝って工夫を重ねる者はいなかった。

「勝手にそんな贅沢をするものを、天草の五人衆が、なにゆえ手伝わねばならぬのでございますか」

「ふむ。確かにお京の申す通りだが」

種元は組んでいた足を投げ出した。上段に座るでもなく、気取ったところがまるでなくて、そばにいたおせんは袖口で笑みを隠した。

小西に普請を命じられた志岐麟泉は、たかが私城の普請に加勢などするかと、使者をあっさり追い返したという。

我らも似合いの掻き上げ城を持ち、ぼろはぼろなりに普請繁多でござるによって――麟泉にならって五人衆も同じようにしたが、それは許されることなのか。

「さすが麟泉殿は、気の利いたことを申されたものでございます」

「いやしかし、関白殿下のお叱りを受けぬだろうか」

「まあ。小西殿の城普請を断って、なにゆえ関白殿下がとやかく申されるのでございます」

兄の久種ならば使者にそこまでは言えなかったと、お京は小気味よさそうに肩を揺らしている。

「いやいや、そうも申してはおられまい。我ら五人衆はもしかすると、戦国の世のしくみが分かっておらぬのではないかのう」

「叔父上がなにゆえそのような弱気を申されます。天草は五人衆で幾度いくさを繰り返してまいりましたことか」

「しかし、それはしょせん、天草の中だけでの話であろう」

三層の天守で備え、長大な曲輪で迎え撃たなければならない大きないくさだ。領国を命がけで取り合って、敗れれば竜造寺のように滅んでしまう。

天草のように勝とうが負けようが家は残り、鎮尚のように謀反した弟でも追放で済ますものを、九州や畿内ではいくさとは呼ばないのではないか。

「我らが小西殿の下知に従うのは、合戦のときだけでかまわぬのだろうか」

「むろんでございましょう。わが天草家も小西家も、関白殿下の諸侯ということでは同列でございますよ」

禄高で怯《ひる》むことはないと、お京はぴしゃりと言い切った。

「叔父上。わが天草家は島津を追いつめた水軍の働きで、関白殿下からじきじきに御朱印をいただいたのでございますよ。関白殿下から所領を安堵されておりますのに、小西などに指図される覚えはございませぬ」

「たしかにそれはお京の申す通りじゃが」

種元は何か深く考え込んでいる。

「しかしさすがは男勝りのお京じゃの。落城に遭うたとて、気性は変わらぬか」

「落城などと仰せくださいますな。私どもは赤井で、あの島津家と互角に渡り合うたのですよ」

「おお、そうであったの」

やがて種元が腿を叩くようにして立ち上がった。

「まあよいわ。天草からすれば海の彼方のことじゃ。わざわざ船を仕立てて城普請を手伝いに行くというのも煩わしいことじゃ」

「左様にございます。天草は海の禄に、山の禄。天草で暮らしたこともない者に、この島の富は分かりませぬ」

天草の者は誰も、この島だけを天草とは思っていない。はるか南蛮までも続く大きな海もあわせて、まるごと天草なのだ。

「だが、いくさの備えはしておかねばの」

種元が確かめるように言うと、お京は笑ってうなずいた。

「今は戦国の世でございます。いくさの備えがいらぬ処などございませぬ」

それを聞いたとき種元は、何もかも晴れたようにぱっと顔を明るくした。種元がどれほどお京を格別に思っているか、おせんにはそのわけが分かるような気がした。

今夜は小六とまっさきにこの話をしよう。

そんなことを考えると心が弾んできた。ずいぶん腰も曲がってきた小六だが、大声で笑う姿が目に浮かぶようだった。

海の章

一

　宇土城の普請手伝いを拒んでひと月あまりが過ぎた九月の半ば、志岐の袋浦に小西行長の船が押し寄せた。

　志岐城から眺めると船は五十隻ほどで、寄せ手はおおよそ三千にものぼった。

「しゃらくさい真似をしおる」

　麟泉は夕日に染まった波間を睨み、日が沈むと家士に指示を出した。

　生まれて幾十年とあの浦を見てきた麟泉は、月がどの辺りに上れば潮がどう流れを変えるか、城での風が沖ではどう強まるか、漁師と笑って話せるほどには詳しく知っている。

月も欠けはじめたその夜は厚い群雲《むらくも》が空を覆い、波の高さも夜襲にはちょうどいい塩《あん》梅《ばい》だった。

夜半、麟泉は軍勢を率いて城を出た。そのまま袋浦まで行って入江の陰から小舟に乗り、手筈《てはず》通りに幾つかに分けて漕ぎ出した。

月に雲がかかって海が黒くなると、麟泉たちの舟は海面を撫でるように向きを変える。波を分ける音をたてることもなく、小西の船陰に入ると、麟泉は腕を差し上げた。

合図は舟から舟へと静かに伝わり、袋浦の突端まで届いたとき断崖の裏手から水軍が現れた。

ここは袋浦というからには突端が突き出て口がすぼまった袋のような形で、東の宇土半島から来れば西はちょうど死角にあたる。水軍は少し前から配しておいたが、小西にはまるで感づかれていなかった。

突端から水軍が姿を見せたとき、浦から出た小舟はそれぞれに鉤縄を放り上げた。兵たちが木につかまるようにまっすぐ甲板まで上って行った。天草は山ばかりの島だから、木に登る要領なら誰もがよく知っている。

兵たちは船縁《ふなべり》にぶら下がったまま、下の小舟から松明を受け取り、船縁に火を移して飛び降りた。

いったん大きく沈んだ舟は、浮き上がると小西の船から離れて行く。すべての船に火をかけなくても、燃え残りの船には皆が押しかけて自滅することは分かっている。

黒い海に兵たちの投じた橙の炎が映っていた。満天の星が海に落ちたように美しく、見慣れた海のあちこちに船が浮かんでいるのも悪くない。

麟泉たちの舟が浜に着いた頃、小西の船で声が上がり始めた。

火のついた船ほど脆《もろ》いものもない。慌てて浦から出ようとしても、すぼまった口にあたる袋浦の先には水軍がびっしりと詰めている。

具足のまま兵が海に飛び込む音を後ろに聞きながら、麟泉たちは静かに浜を踏みしめた。勝鬨《かちどき》をあげるほどのこともない。

浜をしばらく歩いて海を振り返った。天の星よりまばゆい輝きが、夜空と同じように暗い中に無数にまたたいている。

――天草の水軍を思い知れ。

麟泉は颯爽と馬にまたがり、鼻で笑って立ち去った。

次の夜になると、本渡から天草種元がわずかの供回りだけを連れてやって来た。

本渡から志岐までは尾根伝いに間道があり、途中の峠さえ歩けば、あとは馬で駆けることができる。種元は雑木に覆われたその古い川沿いの道を通り、夜半にあらわれたのだった。

会ったのはいつぞやの正月以来だったが、天草氏はお京といいこの種元といい、どこか浮世離れした美形揃いだったことを麟泉はまっさきに思い出した。
種元は中へ入ろうともせず、式台に立ったまま頭を下げた。
例の宇土城普請を断った一件で、種元のもとには小西から、このままではいくさにな
ると知らせが来ていたという。どうやら秀吉も重い腰を上げそうだというので、小西が
同じ切支丹ばかりの天草を案じて、先に使者を送ったのである。
「もはや我らは一日も早う城普請の手伝いに出たほうがよいのかもしれませぬ。小西は
ともかく、関白殿下から加藤清正に合力の命が下ったとか」
天草鎮尚のいくさ嫌いが知れ渡ってから、禄高では劣る麟泉が五人衆を仕切るように
なっていた。今や天草では、麟泉について残りの五人衆が動く。
「昨日の夜、小西の船を沈めたぞ」
「では、和睦でございますな」
種元は困ったように額に手のひらを当てた。小西は天草を守ろうとしているが、秀吉
配下の諸侯に紛れてしまえば、できることもなくなる。
「加藤は切支丹と名のつくものを毛嫌いしておるゆえ、天草など格別の島とも思うてお
りませぬ」
麟泉は腕を組んで瞑目した。
天草は九州に比べれば滴が一つ跳ね飛んだような小っぽけなものだ。豊かな峯が続き、

海はこの世の果てまでつながっているが、外の者には、天主教に染まって南蛮船が行き来するということがなければ、米も穫れぬただの双子島だろう。

昨日の夜、袋浦に来た小西の軍勢はもとは本渡城を攻めるつもりだった。なんといっても本渡は上島と下島の繋ぎ目にある天草の要で、海の間際まで岩壁が切り立った他所に比べ、稲を育てられる広々とした平野がある。小西としても手に入れたかったのだろうが、種元をはじめ領民ことごとくが切支丹だ。城内の教会堂には司祭や助祭が暮らし、毎日のように天主教の祭礼が行われている。

だから小西は島で二番手の志岐を攻めた。長老の麟泉は五人衆の触頭《ふれがしら》でもあり、天主教とは関わりがなかったからだ。

種元を城門まで見送りに出たときも、麟泉はまだ決心がついていなかった。

黄金色の月が中天に昇り、暗い光に照らされると、いよいよ粗末な大手門である。麟泉はまだ若い時分に九州へ渡って大友宗麟の城を見たが、あれから数十年を経ても天草には豊後のような城は一つも建たなかった。

「ついに天草も、新たなときを迎えるのかもしれぬな」

麟泉がつぶやいたとき、種元がしみじみとうなずいた。

そうしてその数日後、今度は小西とは異なる船が、同じ袋浦におびただしい数で詰めかけた。

「あの旗指物は堅法華《かたぼつけ》の加藤清正ではございませぬか」

切支丹の家士がこわばった声で指を差した。

船の数も違うが、なによりその勢いが違う。寸の間も帆をたたむ気配はなく、加藤の旗指物はここからでも読めるほどの距離で、いっきに近づいて来る。

「手間をかけるがな、浜まで出迎えに行ってやれ」

麟泉はついに家士にそう言った。夜襲などという奇手は、二度は使えない。アルメの南蛮船が初めて来たときのようにすることだ。

「小西の城普請を手伝うぞ。九州に十万の兵を差し向けた関白の手下じゃ。小西だろうと加藤だろうと、関白じゃと思うて礼を尽くすほかあるまい」

家士たちはあわてて具足を脱ぐと袋浦へ駆けて行った。

天守から眺めていると、浜で硝煙の白い煙が立ち上った。そしてすぐに鉄砲が火を噴く不気味な音が轟いてきた。

――和睦とは笑止《しょうし》。力が互角でこそ、その道もあると知れ。

ただ数人、麟泉に加藤の口上を伝えるために生かしておかれた家士たちは、そろって軽衫《かるさん》姿で腰には脇差を下げていただけだった。

――帰って麟泉とやらに伝えよ。我らは肝が据わらぬ小西とはわけが違う。本渡城を平らげてまいるゆえ、その掻き上げ城とやらに好きに籠もっておるがよいわ。手向かいいたせば容赦はせぬぞ。

明くる朝、麟泉は髻を切って坂瀬川《さかせ》の河口まで歩いて行った。供もほとんど連れなかったのは恭順を示すためだった。

ゆっくりと昇る朝日の中で河口が見えたとき、麟泉は愕然と浜に膝をついた。

引き潮で潟のできた浜に、にわか仕立ての台がこしらえてある。台の上に藻のついた丸い小岩が三十ばかり並べられていたが、朝の透き通った光がすぐに岩におちた影を動かした。

日差しを浴びた岩は、どれも中央に突起がある。

――これがいくさというものよ。敗れるとはこういうことじゃ。

風に乗って加藤の声が聞こえたような気がした。岩に見えたのは麟泉が迎えに行かせた家士たちの首だった。

「殿……」

家士の一人が袴の裾にすがりついた。

昨日、麟泉が浜へ行かなかったのは城で出迎えたほうがよいと思ったからだ。もしそうでなければ、ここに並んでいる一つは己の首だった。

「人の首を斬って、さらすのか」

台のそばには肥前の大村と有馬の旗指物がこれ見よがしに一本ずつ残されている。

「有馬も大村も、加藤の配下で軍を率いておるのじゃな」

麟泉は南蛮船にも認められた天草の王だった。天草の王は海を差配し、五人衆も土地ではなく湊を取り合っていくさをしてきた。

この世はそうではなかった。天草は海と山に恵まれ、都の天下人には決して見逃せない土地なのだ。海の富にも気づかず、ただ絵図にある双子の島を残らず巻き上げていく。

麟泉が城普請を拒んだのは、土地を治める秀吉に弓を引いたも同じことだった。天下人に逆らう者には、秀吉はなにもわざわざ己の住まう大坂から軍勢を差し向ける必要はない。いくさ場が天草なら、その辺りの大名に行かせればよいだけだ。

そして当の秀吉は大坂城の絹の布団で寝み、起きては贅沢な朝餉に舌鼓《したつづみ》を打って、天草からの戦勝の知らせをさして関心も持たずに待っている。

「島津が逃げ出したのにも気づかず、握り飯を食ろうていた我らゆえな」

和睦が成らなければ志岐を守る手立てもない。都との力の差はこれほどなのだ。

麟泉はしょせん湊を賭けた天草の戦いしか知らぬ、穏やかな海を支配していただけだった。

本渡城の西にある教会堂で司祭と話して来た帰り、おせんは城の二の丸で城壁にもたれて大手口に落ちる夕日を眺めていた。

城の大手口は昨日から小西の軍勢に取り囲まれていた。石垣からそっと頭を出すと、具足に身を包んだ足軽たちが胡座を組んで槍の穂先を磨くのが見える。この城には種元の家士が二千人、あとは五人衆から遣わされた三千の軍勢がいるが、なかにはおせんのような者も数えられている。役に立つといえばその半分にも満たないはずだった。

いっぽうの小西の軍勢は三千を越すだろうか。石を投げれば届くほどの間近に詰め、城壁まで寄せて来た日にはすぐ攻撃が始まるかと恐れたが、いっこうに攻める気配はない。

堀をはさんですぐ向かいにある教会堂では、今日も司祭が祭礼をしていた。

——おせんはお京様にもお目にかかるであろう。これを種元様にお渡しいただくように。

日本の暮らしも長い司祭は、胸で十字を切ると、幾本かの矢文をおせんに持たせた。小西の軍勢から届いたもので、加藤が来る前に大手門を開くようしたためられているという。

教会堂に集まった本渡の民たちは、小西とはいくさにはならないと信じていた。教会堂の祭礼のときは南蛮の楽器が美しい音色を奏でるが、そのときいつも小西の兵たちが

らな。

城門越しに教会堂のほうへ頭を垂れているからだ。

——小西殿は情け深い切支丹ゆえ滅多なことはあるまいが、加藤殿はそうはゆかぬか

司祭は京の都に留まっていたこともあるそうで、加藤清正や秀吉のこともよく知って

いた。

それから間もなく加藤の軍勢が本渡に船を着け、ものの半刻で小西とは逆の、城の東

側に陣を敷いた。

城の東は本丸にも近く、堀をへだてた城壁の外には家士たちの屋敷もあった。それら

の屋敷は加藤が着くやいなや火をかけ、黒い煙が本丸にまで流れて来た。

外の気配は小西のいる二の丸側とはまるで異なっていた。幾度か鉄砲も放たれて、足

軽たちは皆が一番駆けを狙って殺気立っていた。

本渡城の北は山に続き、その下を細々とした川が堀がわりに谷を刻んでいる。だがそ

こも木を倒せばすぐ橋になるほどの幅しかなく、崖に密生した雑木をつかめば登って来

ることもできる。そして上に届けば、背丈の低い城壁が本丸を囲んでいるだけだ。

あとは城の南と、西の教会堂に並んで、小さな出丸が二つある。西の出丸は小西の陣

の目の前で、その気になれば教会堂もろとも、すぐに火をかけられそうだった。

東と北を加藤の軍勢に押さえられてから、本渡城では備えだけは怠らぬようにしてい

た。種元も加藤の側には柵を結び、逆茂木《さかもぎ》を立てていたが、あの無数の鉄砲や馬を見れば半日も持ちこたえられるとは思えない。

「もはや和睦もならぬゆえ」

おせんが司祭に託された矢文を見せたとき、種元はそう言って首を振った。

志岐城の麟泉は浜に遣わした使者の首をさらされてから、行方知れずになっている。それでも小西の差し向けた水軍には大勝したというから、種元としては小西の甘言にのって大手門を開くわけにはいかなかった。しかも城から敵の軍勢を見ていれば、仕切っているのが加藤なのは明らかで、南の出丸の先には有馬や大村、平戸の松浦も五島列島の五島も加わっていた。

城をくまなく包囲された一日目、本丸の東で加藤の猛攻が始まり、細い堀には丸太が幾本も架けられた。

堀を見下ろして小六たちが石つぶてを投げると、崖に取り付いた足軽たちは面白いように転がり落ちた。なんといっても加藤にはすでに城下の屋敷地に火をかけられていたので、小六たちも容赦はなかった。

そうしていったん加藤が引いたとき、種元が堀のそばへ来て身を乗り出した。鉄砲が届くほど近かったから皆が止めたが、種元は逆に家士たちを下がらせた。

「この城では弓矢で儂の右に出る者はおるまい」

種元は矢籠《しこ》から一本を抜いて弓を構えると、横の供侍にうなずいた。供が矢の先に火を点じた。

種元の放った矢は炎を上げて堀の底に落ちて行った。そしてここまで聞こえるような激しい音をたてて丸木橋に燃え広がった。

たった一本の火矢が堀の底を明るく照らし、そばの雑木にまで火は移っていった。

「これでしばらくは加藤も登って来られまい」

大きな歓声があがったが、夜が明けると同じところにまた丸木橋が架けられた。今度は種元が寄ろうにも鉄砲が途絶えず、とても堀端から顔を出すことはできなかった。

それでも鉄砲には弾籠めの刻があるから小六たちはその隙を狙って石を投げ、夜になると種元がふたたび火矢で橋を焼いた。

三日目におせんはまた教会堂の司祭に呼び止められた。

小西の陣に守られた城の西側ではこれまでどおり祭礼が行われ、子らは出丸のそばにいる。女たちは時折、本丸と出丸のあいだの屋敷町まで籠城に入用な物を取りに行っていた。

「種元様は何を迷うておられるのか。小西殿が早う和睦をと申されている」

司祭は穏やかな南蛮人で、かつてのアルメのように一日中でも笑みを浮かべている老人だ。それがおせんの姿を見たときは小走りになって、肩を叩くのにも力をこめた。

「加藤殿が城壁を越える前に和睦せねばならぬ。秀吉のいくさは無理な城攻めはせぬというではないか。兵糧を絶ち、こちらが門を開くのを待っているのだぞ」

司祭に会っても種元は、はかばかしい返事をしなかった。小西からの話はあてにしていないのだ。

「攻めるに難儀な城ならば、それもまた兵法じゃ。だが本渡城など、自滅を待つのも煩わしかろう」

種元はもう心を決めている。

城には女も幼子もおり、おせんにとっては命よりも大切な兜巾の字書がある。兜巾の字書が焼けるようなことになれば、おせんはあの世へ行っても兜巾やアルメに合わせる顔がない。

種元に会った司祭から開城はないと聞いたとき、おせんは二の丸を見上げて駆け出した。

「お京様!」

廊下でお京の姿を見つけて、おせんはその袖にすがった。

振り返ったお京の顔は、血の気が引いたように蒼白だった。

亡者のようで思わず袖を離したとき、東の加藤の陣から大きな鬨の声が上がった。この日が沈めば、明日はおせんたちが城に籠もって四日になる夕刻だった。

種元が丸木橋をたった一矢で焼き落とすのを見て、お京はあらためて種元の凄まじさを思った。弓も槍も種元に勝る者はおらず、幼い日のお京はずっと種元だけを慕っていた。

襟を摑み、胸が鳴るのをおさえて駆けていた。逃げるように二の丸へ戻って来たとき、弾正がお京を見つけてぱっと明るい顔をした。

「おお、姫。探しておった」

「殿、叔父上をごらんになりましたか」

「ああ、ああ。さすがは姫の、叔父御じゃのう」

弾正は相変わらずの人のいい笑みを浮かべた。

「姫。儂はの、城を討って出る」

お京の肩を抱くようにして歩きながら、弾正が熱をこめて言った。

本渡からは志岐へ続く間道がある。山を掻き分けて尾根伝いを行く枝道で、峠を越えると仏木坂《ぶつきざか》に出る。

「仏木坂、でございますか」

絵図にもなく、お京は名を聞いたこともない。弾正のほうが毎朝の馬駆けでその辺りに詳しかった。

「仏木坂からは、志岐城がよう見下ろせる」

「もはや麟泉殿もおられませぬ。行かれても無駄足でございましょう」

麟泉から和睦を拒まれたと知らせてきたとき、本渡城では七百もの兵に石火矢（大砲）を持たせて志岐城に向かわせた。だが麟泉と会うことはできず、軍勢はそのまま河内浦に向かった。

そこにはお京の兄の久種がいるから、種元にしてみればあのとき本渡城のことは諦めたのかもしれなかった。

「仏木坂なれば、加藤の背後を突くことができる。道中、軍勢も見下ろせる」

「なにを気みじかな」

お京は苛立って顔を背けた。

加藤は数多のいくさ場を経て、二十八の若さで二十万石にまで昇りつめた大名だ。髷も薄くなった六十過ぎの弾正が互角に戦えるはずがない。

「叔父上は籠城と決めておいででございます。それにこの城が落ちても、わが天草家には河内浦がございます」

「いやいや、それは叶わぬぞ、姫」

弾正は子供でも諭すようにお京の肩に手を置いた。

「籠城を始めれば、勝たぬかぎり、城からは出られぬものじゃ」

弾正が赤井城を落とされたとき、お京たちは島津の温情で生き延びた。だが天下統一を考えている大勢力にそんな手は通用しない。

「儂は種元殿の恩に、報いねばならぬ」

「今さら気遣いなど無用になさいませ」

「いや。決して、気遣いではないのじゃ」

弾正の笑みはこんなときでもお京の胸を温める。これまで弾正はお京に偽りを言ったことはなく、たとえ隠していることでもお京が尋ねれば応えてくれた。

「儂はの。姫を宝じゃと、思うておる」

「このようなときに」

ふいに弾正が疎《うと》ましくなった。なぜこんな男にかかずらって一生を無為に過ごしてきたのか。

「あの日から、姫はついに再び、心を開いてはくれなんだ」

お京が弾正に問い、里桜の方を知った日だ。

「姫は、儂を想うてはおらぬ」

当たり前ではないか。お京は弾正への執着から平助を死なせ、死の床の父にも真実を話さなかった。

これなら手の届かぬ種元を想って、ずっと天草で暮らしていたほうがましだった。

「殿が私を、要らぬと仰せになったからでございます」

弾正が驚いたように目を見開き、悲しげに口を引き結んだ。決してそれは言わなかったと、言い訳をするのをこらえているようだった。

弾正はせいいっぱいの笑みを浮かべた。

「儂はもはや、姫にやれるのは、この命だけじゃ」

「なにをつまらぬことを仰せでございます」

顔を背けようとしても、目の端に弾正の笑みが映る。

「姫の叔父御のために命を捨てるなど、雑作もない。加藤にどれほど無残に、首を掻かれても、姫の叔父御の、代わりならば」

お京はつい舌打ちをした。あの日からお京には、弾正から貰って嬉しい物など何もない。衣も簪《かんざし》も香も、そのどれにも弾正の心はこもっていなかった。

「姫は儂の宝じゃ」

「殿は死に場所を探しておられるだけでございましょう」

平助の顔が浮かんだ。

「それとも天草を守るために死んでくださるのでございますか」

死にたいならば死ねばいい。お京に命をやりたいというなら、貰うまでのことだ。

できなかった。

「止めぬであろう、姫」

本気で止めれば、弾正は行かぬのだろうか。お京は今もまだ里桜の方を忘れることができなかった。

二

十月が近い尾根の道は細い月がほのかに蹄の先を浮かび上がらせるだけで、辺りはよく見えなかった。麟泉は諸経とわずかの家士を連れて志岐城を出、東の本渡城を目指していた。

とはいえ籠城に加わる気はない。本渡を一目見たいとは思うが、すぐ道をそれて天草の上島へ渡るつもりだった。

麟泉は城を捨てた。そして己の心がよく分かった。ずっと執着してきたのは天草の地だ。はるかな海に繰り出して天草へ戻ったとき、豊かな山ふところに抱かれた島影を見る喜びは、海と生きてきた者でなければ分からない。

己も老いたのだと空の星を見上げたとき、ふと誰ともなく南蛮人の顔が浮かんだ。それがアルメの顔だと思い当たると、これまでの天草での日々が瞼に浮かんでは消えた。

麟泉はアルメに洗礼を授かり、それを棄てた。長い日々、アルメは故郷には帰ろうとせず、この天草で命を終えた。

「故郷へ帰りたがらぬなど、儂には分からぬわ」

そう吐き捨てると、諸経がおどおどと麟泉の顔を見返した。ついに天草を出なければならぬ、それを己の不手際とでも詫びているかのようだった。

間道の先で枝葉を払う音が聞こえた。小西や加藤がこの辺りに陣を張っているはずはないが、もしもそうなら討たれるだけのことだ。

やがて現れた足軽はそれぞれに矢籠を背負い、こちらに気づいて足を止めた。

「志岐城の当主、志岐麟泉じゃ」

名乗りを上げると奥から明るい声がした。騎馬が足軽たちを掻き分けてあらわれた。

「おお、やはりご無事であったか。お見覚えでござろうか、肥後赤井の、木山弾正でござる」

寸の間、月がまぶしく輝いた。目を凝らすとたしかに赤井城の主だ。弾正は懐かしそうに目を細めていた。

そういえば初めて会ったときから、この男には相手の虚勢など意に介さない真《まこと》がこもっていた。

「弾正殿、いかがなされた。このようなところでお目にかかるとは」

麟泉が馬を降りて弾正の轡を取ると、弾正も馬から降りた。

本渡城は敵に囲まれ、降伏も許されぬありさまだと聞いている。弾正はその中を五百の手勢を率いて抜け出し、加藤をおびき寄せるつもりでここまで来たという。

「それは面目もないことじゃ。志岐城にはもはや籠もっていただくこともできぬ」

「いやいや。加藤さえ、城から引き離せば、あとはそれがしの死に場所など、どこでもかまわぬのでござる」

本渡城の大手口から出た弾正を、小西は追いもしなかった。それどころか、城を出たい者は好きにせよと、大手口をふさいでいた足軽たちにしばらくその場を離れさせたほどだ。

やはり肥後の赤井城が落ちるとき、島津は同じように情けをかけたが、加藤にはその甘さはなかった。

「つくづく、いくさの姿が変わりましたの、弾正殿」

「いや。いくさとは元来、加藤のように、仕掛けるものでござろう」

敵であれば女子供も見境なく、負ければ首をさらされて、骸《むくろ》まで辱《はずかし》められることもある。

「弾正殿、すまぬが力添えはできぬ。諸経の妻が島津一門でござってな。儂はもはや天草を去る」

弾正はきょとんと麟泉を見返したが、すぐに裏おもてのない笑顔を弾けさせた。

「おお、それは宜しゅうござった。儂もそのように、種元殿を頼りましてな。己の城を失えば、もはや戦う気力など、のうなるものでござる」

弾正ほど人の心を思ってくれる男もいない。天草を離れる最後のときにこれほど温りのある言葉をかけられるとは、麟泉は強運だった。

「天草の、お京殿と申されたか。弾正殿がお戻りにならねば、さぞお悲しみになるであろう」

いやいや、と困ったように弾正は顔の前で手のひらを振った。

「加藤をおびき寄せれば、そのあいだに姫たちは、小西の陣へ降ることもできる。儂はそれが、ただ一つの望み」

弾正は清々しい笑みを見せると、あっさりと馬にまたがった。弾正たちが本渡を出たことはすでに小西の陣から加藤の耳に入り、いくらかは追って来ているはずだった。

「これにて、麟泉殿。ご多幸を、お祈りいたしますぞ」

弾正が腕を上げると、手勢はそれぞれに麟泉たちを除けて脇を通り、坂を下り始めた。

「お待ちくだされ、弾正殿」

麟泉は弾正の前に回りこんだ。

「せめて儂の馬なりとお役立てくださらぬか。我らはこれより徒《かち》でまいる」

「しかし、それは……」

月に照らされた弾正はただ麟泉を案じて眉を曇らせたが、馬だけでも使ってやるべきだと、すぐに察しがついたようだった。

「お心遣い、かたじけのう存ずる。どうぞ道中、気をつけて行かれませ」

麟泉は轡を渡して、弾正の手を強く握りしめた。

人は生まれた土地で死ねるとはかぎらない。皆がそれを望むわけでもなく、これほど故郷に執着しながら離れなければならぬのは、命を惜しむ麟泉に下された罰だ。

諸経も馬を渡し、三十人ばかりの麟泉の小勢には馬が一頭もなくなった。他にやれるものはなかった。浜に首をさらされても戦う意気を持ち合わせぬ命など、弾正には足手まといになるだけだ。

麟泉は夜空の星を仰ぐふりをして弾正を振り返った。軍勢はすぐに闇に溶けて見えなくなった。

夜のうちに仏木坂に柵をこしらえた弾正たちは、日が昇るのにあわせて姿勢を屈《かが》め、辺りが明るくなったときには雑木のなかにすっぽりと姿を消していた。

弾正の作らせた柵は辺りの枝を手早く編んだだけだったが、鹿の角のように幅が太く、尖った先を天に力強く向けていた。

手勢のうち三百ほどは長い弓を携えている。弓は長ければ長いほど弓弦を引くのが難しいが、矢籠を背負った誰一人、手に余っている者はいなかった。

峯から日が姿を出したとき、新たな軍勢が坂を上って来た。

白地に朱で南無妙法蓮華経と大書された幟《のぼり》が、雑木の褐色を切り裂くようにそそり立っている。

加藤の軍勢は坂一面にひしめき、進むごとに周囲の雑木が踏み潰され、均されていく。

一番備《そなえ》は三千をくだらず、二千ほどの二番備に三番備まで持っている。なかで一番備に、十騎ほどの供侍に守られた大男がいた。長烏帽子《ながえぼし》のような兜をかぶり、まるで肩車で現れたかのようだ。天草では見たことのない華々しい姿だ。

大男がさっと軍扇を振ると一番備だけが坂を進んだ。二番備は左に分かれてゆっくりと横の斜面へ近づいて行く。大男の兜が日輪を弾いたとき、雑木の中から無数の矢が放たれた。

加藤の一番備がわっと叫んで隊列を崩した。そこかしこで馬が前足を蹴り上げ、大男の馬はその場でぐるぐると回り始めた。

「殿!」

騎馬の供侍たちがやみくもに槍を振り回し、加藤のまわりに矢防ぎに集まる。

「退《ひ》け、退け」

加藤が背を縮こめて、その槍だけが騎馬の輪の中で動いている。

そのとき茂みから老いた武者が飛び出して、両手を広げて加藤の馬を止めた。

「加藤清正公とお見受けいたす」

「おぬし、何者だ」

加藤の馬が首を左右に大きく振った。

「本渡城の客将、木山弾正」

「おお、肥後の赤井城主ではないか」

加藤は馬を飛び降りた。

すでに後ろは一番備に弾正の手勢が斬り込み、そこへ引き返してきた二番備の先頭が挟みうちを仕掛けている。

加藤は腰の太刀を投げ捨てると、一歩下がって槍の穂先を弾正に向けた。向かい合った二人は少年と大人ほどに背丈が違うが、年は全くの逆だ。

「無傷で帰るつもりが、我らは総崩れじゃ。覚悟いたせ」

加藤が勢いよく突いた槍を弾正はなんとか受けた。

刃先で弾き返すと、寸の間、加藤が驚いたように目を見開いた。天下一と名高い己の槍が躱《かわ》されるとは思いもしなかったのだ。

その後の加藤の槍は、刃が見えぬほど早かった。右に左に、弾正は首を避けるのがやっとで、槍はまるで使えていない。それでも弾正は後ろへは下がらない。二度、三度と打ち込んだが、相手とは勢いが違って加藤は体を避けるまでもない。

四度目に弾正が打ち込んだとき、加藤はひょいと横へ出て弾正の長柄《ながえ》を素手で摑んだ。ぐっと手に力を入れると、弾正は槍を持ったまま前へ引きずられた。残る片方の手を長柄に添えたとき、弾正の体は地面から跳ねて、加藤の目の前へ転がった。

弾正は槍を放り捨てて腰の太刀を抜き、低いうなり声を上げて加藤に飛びかかった。その振り上げた太刀の下をくぐって加藤が腕を摑むと、弾正はそのまま揺すぶられて太刀を落とした。

加藤は弾正を組み伏せて馬乗りになり、傍らに転がる弾正の太刀に手を伸ばしている。刃を弾正の首めがけて振り下ろしたとき、弾正は右足を蹴って加藤の体を横へ倒した。

二人は組んだまま茂みの中へ転がり込み、声を残してそのまま雑木の下へ落ちていった。加藤の供侍があわてて馬を捨て、後を追って滑り落りて行く。

辺りは加藤と弾正の軍勢が入り乱れている。あちこちで足軽が倒れ、大きく見開かれた目はどれも二度と閉じることはない。

加藤の兵は数も多く、みな若い。弾正の手勢たちは敵の太刀を受けながら雑木の向こうへ体をよじっているが、敵に押されて、加藤の供のように後を追って行くことができない。一人、また一人と弾正の手勢は血しぶきをあげて倒れていった。一人倒れればその相手は残る敵へ群がっていく。

少しずつ金気の音が小さくなり、やがてその音は消えた。ついに呻き声のほか、なにも聞こえなくなった。

そのとき崖から人の頭が現れた。

「ご無事で、殿」

大男は大儀そうに首をぐるりと回してうなずいた。

「槍を失うたわ」

加藤の軍勢から鬨の声があがり、大男は輪の中央で片手を上げた。

三

本渡城へ戻って来る者は一人もいなかった。弾正も小六も、城に籠もった女たちの夫は誰一人、噂さえ届かなかった。

籠城も五日目になり、お京はおせんと縁側に並んで握り飯を少しずつ口に入れていた。

「こんなときでも味がするものですね」

おせんは無理をしてお京に笑いかけてくる。

弾正が城を出た後、いったんは城の東の加藤の軍勢も姿を消し、わずかに残る足軽が槍を立てて城を睨んでいた。

それも半日のことで、夕刻には加藤の軍勢も戻り、明くる日から日中の攻めは以前にも増して激しくなった。

本丸との堀に架けられた丸木橋も今では底が見えないほど隙間なく並べられ、城にはもう投げ落とす石も残っていなかった。

「殿はもはや、この世にはおられぬ」

おせんが静かにお京を見た。夫が戻らぬというのはおせんも同じことだった。

「城が取り囲まれて、弾正様もお戻りになれぬのではありませんか」

穏やかな声だったが、お京はきっぱりと首を振った。

「今朝がた、殿が会いに来てくださった。先に行って待っているゆえ、後から参るがよいと」

弾正は名残惜しそうにお京に微笑みかけると、闇にすっと姿が消えた。

「おせんは、なぜ私が殿をお止めしなかったか分かりますか」

多勢に無勢で、城を出ればまず生きては戻れない。お京は城の大手口の手前まで弾正の轡を取って見送った。

――姫。儂はどれほどそなたを、悲しませたことか。

おせんはうつむいて目をしばたたいている。

「殿は私に命をくだされた」

「命をいただくよりも大きな思いなど、この世にはございませんね」

お京は目元を引き締めると、居室の天袋から桐箱に入れた油紙の包みを取り出した。

「姫様、それはずっとお預かりくださるお約束でございます」

「もはやそのようなことを申しているときではない。私は明日、この城から討って出る。

おせんはこの字書を焼かぬ手立てを考えなければ」

「討って出る？　どういうことでございますか」

南蛮の印刷機はいまだに届かず、天主教の学林は片端から焼き討ちにあって在所を転々としている。天草は小西が矢面に立つといっても、こうして加藤がやって来ることもある。おせんには字書を持って行くところがない。和睦もならず、城が取り囲まれていては外へ出ることもできない。

「私が討って出れば大手門が開かれる。おせんは小西殿の陣へ行くのです」

「小西様の陣？」

お京は箱から包みを取り出すとおせんの膝に置いた。

「アルメ様からの預かり物だと言いなさい。小西殿はきっとアルメ様の名なら知っておられる」

「それなら姫様もどうぞ一緒に行ってくださいませ」

お京は笑って首を振った。

「アルメ様は、兜巾殿の字書は南蛮人ではなく、日本の民のためになるものだと仰せになった。それゆえこれは日本の民の手で守らねばならぬ。おせんは私と同じ、天草の女子ではないか」

「私は……」

「兜巾殿の字書だけは焼いてはならぬ」

お京はおせんの手にしっかりとその包みを握らせた。

天草で生まれた兜巾の字書は、天草の者が守らねばならない。兜巾の字書は、多くのものを犠牲にしなければ後の世に残らぬのだ。

「兜巾殿の字書を灰にして、おせんは堂々と小六に会えるのですか」

ぴくりとおせんの体が震えた。

「私は何のやましいこともない。殿には最後に、私が天草の姫であったとしっかり見ていただくつもりです」

お京は天草の民を守ってこの地で死ぬ。お京が討って出るあいだに子らだけでも小西の陣へ逃げることができれば、お京は天草に生まれてきた甲斐がある。

天草の姫としてなら、弾正に会うことも恐ろしくはなかった。

赤井城からともに天草へ落ちて来た弾正の配下たちは、それぞれに妻を伴っていた。九州のいくさを知る妻たちは夫が帰らぬと分かったときから覚悟を決めていた。城を討って出ると言ったとき、お京は大勢の者に取り囲まれた。このまま城にいても助かるとは思えず、切支丹でもない赤井の者には教会堂の司祭を頼るという考えもない。切支丹の後ろについて城を出るより、赤井の侍の妻として死ぬことを誰もが望んでいた。

弾正と最後に暮らした本渡城を、お京は城壁に沿って歩いて来た。

天草でもっとも堅固といわれた本渡城は、十日近くも敵の大軍勢を阻《はば》んできた。守りの弱い西側の大手口に小西がつく陣構えだったせいもあるが、東側からではやはりそう容易く攻めこむことはできなかったのだ。

本丸で種元にも会って来たが、叔父は落城が迫る今になっても大らかだった。寸の間、お京の決意に息を呑んだ顔をしたが、最後にはお京らしいと微笑んでくれた。すぐあとから自分も行くと言ったのは、もう城が保たないことを誰よりよく分かっていたからだ。

「加藤が城壁を越えれば、大手口を開いて小西殿に入っていただくつもりじゃ。教会堂には司祭もおるし、女子まで殺めることはないだろう」

武将としての最期を飾ろうともしない執着のなさは種元らしかった。お京は若いときから、この叔父が好きでたまらなかった。

「このような大いくさをして、そなたの父上は怒っておいでかのう」

少年のようにばつの悪そうな笑みを浮かべる種元を見ていると、物思いの種も消えていった。種元の背につかまって馬に乗り、いくさ場に顔を出してばかりいた幼い日々がよみがえってきた。

「父上はきっと、叔父上らしいと笑ってお出迎えになると存じます。私にも、男勝りが仇《あだ》になったと呆れ顔をなさいますわ」

河内浦にいる久種は援軍を送ろうにも道をふさがれ、城を出ることもできない。河内浦は切支丹ばかりで、もとからいくさを嫌う侍も多いから、今となってはこの終わり方でよかった。

「河内浦が残れば、わが天草家は滅びるわけではございませぬ」

加藤たちとの和睦は久種に任せればいい。河内浦があれば、本渡を落ち延びた者たちも身を寄せることができる。

「この天草に生まれて、命のやりとりをするいくさをしたのは、我らのみだったかもしれぬな」

お京には種元のその言葉で十分だった。やはりお京と種元はなによりその気性が似ていた。

「では叔父上」

お京が座を立とうとしたとき種元が手を伸ばした。初めて触れた種元の胸は、強い鼓動を打っていた。

「儂はそなたを……。このようなことになるなら、ずっとそなたを、離さずにそばに置けばよかった」

お京は種元の握りしめた拳にそっと手を重ねた。

式台の外の明け地には赤井の女たちが待っていた。皆、馬を連れ、使い慣れた薙刀《なぎなた》ではなく槍を携えている。女と見抜かれて侮られてはならないからだ。

空を見上げると心地よい風が吹いている。この身を高く羽ばたかせる、これが天草の風だ。お京は髪を肩の前で束ねると、襟元から懐剣を抜いた。

――姫は美しい。髪が……。

達者な口などきけなかった、遠くを見ているばかりだった弾正は、そう言っておそるおそるお京の髪に触れた。

――儂は、姫が笑うておる、それだけでよい。

お京は髪を握りしめ、懐剣を胸に戻した。髪を兜に押し込んで馬に乗ったとき、心が穏やかに澄み渡っていった。

「お京様……」

馬を押さえていたおせんが手綱を渡した。その胸にはしっかりと兜巾の字書がたすきで結《ゆ》わえられている。

「いいですね」

おせんが涙を浮かべてうなずいた。それに応えてお京は馬の腹を勢いよく蹴った。

「お京様！」

叫びながらおせんがついて来る。

風が逆巻き、すぐに城の大手口を出た。お京たちが目指すのは本丸の裏手に陣を布《し》く加藤の軍勢だ。

小西の足軽たちが茫然と立ち尽くしてこちらを見ている。

おせんは右へそれて小西の軍勢に走り寄り、吠えるように叫んだ。

「お頼み申し上げます！　どうぞ小西様にお取り次ぎくださいませ。アルメイダ様よりお預かりの品を持ってまいりました！」

おせんが転がるように足軽たちの前へ出て行く。

「お取り次ぎくださいませ。司祭のアルメ様より預かってまいった品でございます！」

おせんの必死の声が響いている。

「これは日葡《にっぽ》字書でございます！」

そのときお京の目にアルメの笑顔が浮かんだ。

——天草へ戻ってまいられませ。天草の民は誰一人、姫様を忘れてはおりません。

お京は力強く前を向き、馬を南から東へ向けた。そばへ寄る兵たちは馬上から薙ぎ払って行った。槍でしころを跳ね上げ、首筋に刃先を当てると、男たちは次々に血を噴いて倒れた。

水の涸れた堀を走り抜けたとき、ふいに目の前に雪が舞うのが見えた。驚いて手綱を引くと、一面に狂い咲きした白梅の枝が広がっている。

女たちの馬は花びらを散らして加藤の軍勢へ飛び込んで行く。

刃の擦れ合う音が耳から遠ざかっていった。花吹雪のあまりの美しさに、お京は息をするのも忘れた。

河内浦の城で弾正と初めて会ったとき、軍ケ浦の浜まで歩いた。雪のように白い兜梅が遠くに咲き、お京の耳は訥々と話す弾正の声を風の音のように聞いていた。

——子など、いらぬ。生涯儂のそばで、笑うてさえ、おればよい。

懐かしい声でそう囁かれたようで、お京は笑みがこぼれた。馬は柔らかく土を踏んで梅のあいだを歩いて行く。ふと誰かに呼ばれたような気がしてお京は振り向いた。

「天草鎮尚が娘、お京か」

具足を付けた侍がこちらに槍を向けている。そこに立っているのは弾正だった。

「お京」

弾正が初めてお京の名を呼んだ。

「殺してまで連れて行くのはお京だけじゃ」

お京は涙があふれて前が見えなくなった。

兜梅が降るように咲いている。胸に熱い血が広がって、空にはお京の愛した天草の風が吹いている。仰向けになった土は首に触れる下草が冷やりとして、真夏の川で水を浴びているようだ。

この梅も、きっと実が生らぬと存じますよ――

弾正に抱き上げられて、お京はふわりと体が軽くなった。

星の章

一

おせんは千づるが眠る石の傍らに腰を下ろして海を眺めていた。天草と豊後しか知らないおせんだが、この世でこの島ほど夕日の美しい土地もない。もしもおせんがどこか他所にいたら、死ぬ前にはもう一度この海を見たいと願うだろう。

志岐城の当主、麟泉は天草合戦のあと、継嗣の妻の里を頼って天草を離れて行った。妻は薩州島津家の出だったから薩摩国出水《いずみ》に渡ったが、亡くなる間際まで対岸の天草を眺めて過ごしたと聞いている。領主に生まれた武将ならばなおのこと、最後にもう一目だけでも己の城が見たかったことだろう。

麟泉は寿命を悟ったとき、出水から小舟を出して天草を目指したという。思いが通じて下島の大多尾《おおたお》に辿り着いたが、そこから志岐へはまだ島の半分を行かなければならない。

馬にも乗れず、そこで麟泉の命は尽きた。その寂しさを思うと、涙もろくなったおせんはつい泣くこともあった。

天草合戦でお京が討って出てすぐに本渡城は落城した。加藤の軍勢が城壁を越えてなだれこみ、種元は自ら切腹して命を絶った。

ただ見守るばかりだった残りの五人衆はそれぞれ降伏し、そろって小西の配下に加えられた。河内浦を守っていたお京の兄、久種はしばらく籠城したが、和睦の後はやはり小西の配下として本渡城の代官に任じられた。

天草がまるごと小西の領地になって、おせんの生まれたこの島は、他のどこより特別な場所になった。

天正十五年（一五八七）に出された秀吉のバテレン追放令は十二年経った今も残り、天主教は邪教だという高札が思い出したように掲げられる。それでも小西は信仰を捨てず、そのことが島に切支丹たちを呼び寄せるもとになった。九州にはすぐ近くに堅法華の加藤がおり、小西もさすがに豊後や肥前の切支丹まで守ることはできなかったが、天草には次から次へと天主教の館が移ってきた。

天主教への締めつけは年々厳しくなり、近在の切支丹大名たちも信仰を明かすことはなくなっていた。長崎も秀吉が天領にして取り上げていたから、切支丹が安住できるのは天草ぐらいしか残っていない。

天草合戦の明くる年、長く日本を離れていた上長のヴァリニャーノが印刷機をたずさえて戻って来た。大友宗麟たちが遣わした少年使節も一緒の船で、彼らは天草の学林で学問を続け、近い将来、司祭になることが約束されていた。

ヴァリニャーノたちが天草へ戻ったとき、おせんは懐かしいツズにも会うことができた。おせんはずっと兜巾の小屋で暮らしていたが、そこをツズが思いがけず訪ねて来たのだ。

ツズは上長の通詞として都に上り、秀吉にも謁見したという。追放令の手前、司祭の身分では秀吉に会うことができないので、ヴァリニャーノは印度王の使者として会った。兜巾の面影を探すように小屋の壁に触れながら、ツズはおせんに多くのことを聞かせてくれた。

ヴァリニャーノが印度王の親書として秀吉に渡した文には、長々と秀吉への謝辞が記されていたという。

太閤殿下は天主教を手厚く庇護し、わが友たる司祭たちに親身にお力添えくださっている。はるか印度の地で、我らはどれほど太閤殿下を拝み、感謝していることか――

それには秀吉も苦笑を浮かべ、いかにも左様と大きくうなずいてみせた。

ともに拝謁していた少年使節たちにも、せいぜい学問に励めと豪放に声をかけたらしい。秀吉は南蛮との交易は続けるつもりだったから、印度王の名を出したことは功を奏したのだ。

「おせんは天草合戦のとき、本渡城にいたのだろう。よく無事だったことだ」

「アルメ様と兜巾様のおかげでございます。字書を持っていたので、小西様にお目通りが叶いました」

ツズはしみじみと頭を垂れ、大したことだとつぶやいた。

兜巾の字書を抱えて小西の陣に飛び込んだおせんは、ただひたすらアルメの名を唱え続けた。切支丹ばかりの小西の兵たちにはアルメの名は知れ渡っていたから、さして恐ろしい目にもあわずに小西の前へ連れて行かれた。

――日葡字書というのはまことか。

小西は額に深い皺を刻んだ大男だったが、商人のような被り物をしているのが兜巾のようで、おせんもたじろがなかった。

包みを開いて見せるときは、もしも取り上げられたらと案ずるより先に、小西が恭しく十字を切ってうなずいた。

――じき司祭殿にもここへ来ていただくゆえ、ともに待つがよい。

小西は次の季節風でヴァリニャーノが戻ることを知っていたが、たとえ上長の船が長崎へ入っても、字書は天草から出すなときっぱり言った。

――分かるな。天草にいるかぎり、切支丹に手出しはさせぬ。だが他所ではどうにもならぬゆえ。

小西に教えられた通り、次の年の夏にヴァリニャーノの南蛮船が長崎の湊へ入った。印刷機はいったん島原の加津佐《かづさ》に下ろされ、文禄元年（一五九二）になって天草の河内浦へ運ばれて来た。十畳ほどの土間がそれだけで身動きもできないほど大きなもので、字書を携えて見に行ったおせんは、よく船が沈まなかったものだと感心した。

河内浦の学林は息を呑むような荘厳な三層の建物で、戸口の脇には茶室や客人用の座敷があった。

おせんが通されたのは二階にある領主たちのための貴人の間で、畳の上に厚い織物が敷かれ、氷をくり抜いたような湯呑みにおせんのために熱い茶が注がれた。

ヴァリニャーノが字書の油紙を解いたとき、目を射るような眩しい光が客間いっぱいに広がった。

大勢の司祭たちがそれぞれに胸で十字を切り、兜巾の字書を一枚ずつ隣の司祭へと回していった。

――日葡字書……。日本と葡萄牙をつなぐ書がついに。

ヴァリニャーノがつぶやいたとき、兜巾の字書はさえずるように輝きを増した。

――きっと近いうちに刷り上げて、おせんにはまっさきに見せる。

その言葉を信じて、おせんは字書をヴァリニャーノに託した。

河内浦では幾人もの司祭が印刷にたずさわることになっていた。南蛮の言葉はほんの三十ほどの文字で書き表すから、日本の文字をすべて鋼の判に彫らなくても刷ることができる。兜巾の字書が刷り上がるのもそれほど先のことではないと思った。

だが兜巾の字書が刷り上がったという話はなかなか聞こえてこない。追放令のために日本の司祭は三十人に満たず、それが近江の安土や豊後にも散っているから人手が足りないらしかった。

おせんにはできることもなく、ただじっと兜巾の小屋で待っていた。

そんななか慶長元年（一五九六）に長崎で恐ろしいことが起こった。京で辻説教をしていた司祭たちが二十六人も磔にされたのだ。なかには天主教を信じていた幼い子もいて、わざわざ京から長崎まで、縄をうたれて歩かされて来たと聞いた。

まるで『さんとすの御作業』だと、おせんは思った。

『さんとすの御作業』は印刷機が加津佐に下ろされたとき刷られた書物で、おせんは兜巾の字書を預けたかわりに貰ったのだ。

天主教を守るために己の命や家族は捨てる。それが最も尊い信心の道だとこの書物は説いている。文字があまり読めないおせんのために、忙しい司祭たちが一字ずつ読んで聞かせてくれた。

南蛮やそのほかの国々で、司祭たちはこれまで数えきれないほど多くの命を落として伝道を続けてきた。それほどの苦難を経てこの世に広がってきたが、それと同じことがこの日本でも始まったのだ。

——迫害はまさにこれからだ。大変な歳月を迎えることになる。

長崎で磔にされた司祭の一人はツズにそう言い残した。ツズは通詞として秀吉に会ってから、南蛮人のなかでもっとも秀吉に信頼され、磔にも立ち会った。

その秀吉が死んだのは磔のあった二年後だった。晩年には朝鮮を攻め取ると言い出して、肥前の名護屋《なごや》にたいそうな城を建てた天下人だった。天草へも大勢の侍が材木を集めに来るようになり、島にあった印刷機は修練院などとともに長崎へ移って行った。

天主教の迫害が続けば字書など作っていられるはずがない。それでも地上に降りた星の人々は、降りた場所から天を求めて必死に手を伸ばす。その手はきっと光になって天へ届くと、おせんは思っている。

海に目をやると、対岸の島原では切支丹大名の有馬晴信が海辺に居城を建てている。その城には本渡城のように城壁の内に教会堂があり、朝な夕なに荘厳な鐘を響かせる。鐘の音は風に乗って天草まで届き、いつかはおせんも聞くことができるかもしれない。

「城ができれば耶蘇会の司祭様が祝別なさるそうですよ。私も見に行って来ましょうか」

　おせんは優しいお京の顔を思い浮かべてつぶやいた。兜巾の字書が胸にある原城というその城を、おせんはお京や千づるや小六と眺めに行く。あるかもしれないその日を、おせんはただひたすら待っていた。

　慶長五年（一六〇〇）九月、美濃関ヶ原で天下分け目の大きないくさがあった。秀吉の後継と目されてきた家康の東軍が勝利を収め、十月一日、西軍についていた小西行長は処刑された。肥後の宇土城を守っていた小西の弟が城内の者の命とひきかえに自刃して、ついにいくさは終わった。

　小西家にそろって召し抱えられていた天草五人衆は、宇土城開城ののちは加藤の家臣に組み入れられた。大矢野氏や栖本氏は細川家に移り、天草の学林で働いていたお京の兄、天草久種は小早川の家臣になった。

　小西の所領だった天草が加藤に加増されたのは十一月のことで、セミナリヨはあわてて有馬へ移されたが、三月も経たないうちに加藤は天草の替え地を願い出て聞き入れられた。加藤はよほどこの天草の水が性に合わなかったのだろうと、さまざまな風聞が流れてきた。

　翌慶長六年（一六〇一）一月、天草は長崎奉行をつとめた寺沢広高《てらざわひろたか》の所領になった。広高は南蛮人との商いにもたずさわってきた切支丹だから天主教には寛容で、南蛮との交易が先細りになるのを恐れて司祭館をそのままに残した。切支丹には教会堂を建てる土地まで与えたので、誰もがほっと胸をなでおろした。

「徳川様の世になればきっと迫害は止みますねえ、アルメ様。これでようやく兜巾様の字書も刷ってもらえます」

顔を皺だらけにして微笑む兜巾の姿が、おせんには見えるようだった。

二

元和二年（一六一六）、七十を過ぎたおせんはもうあまり目が見えず、志岐の海の明るさだけをどうにか感じ取ることができた。

「お姉さん、そろそろ風が冷たくなってきましたよ。中へ入ってはどうですか」

小屋の前で洗濯物を干していたお花が優しく声をかけた。

お花はずっと昔、おせんがアルメの乳児院でめんどうを見ていた幼子だが、切支丹になって天草へ流れて来た。志岐で再会してからは、丘を登ってよく手伝いに来てくれていた。

天草が寺沢氏の支配になって間もなく、島の教会堂はことごとく破却された。土地まで貰ったと安心していた矢先だったから驚いたが、切支丹が祭礼をすることはまだ黙認されていた。

だがそれからも圧迫は続き、慶長十八年（一六一三）、天主教は完全に禁じられた。幕府直轄領のみならず日本中の大名が従わねばならず、それを拒んだ者は追放され、逃げた者には容赦ない迫害の手が伸びた。

秀吉の出したバテレン追放令など比べものにならない厳しさだった。商いをする南蛮船ですら入ってよいのは長崎のみになり、肥前からも天草からも南蛮人は姿を消した。ほんの一握りの司祭たちが公儀の目を盗んで日本に留まっていたが、捕まれば酷い仕置にかけられた。

元和元年（一六一五）には大坂で大きないくさがあった。家康が秀吉の世継を滅ぼしたもので、ついに天下は名実ともに徳川家のものになった。

天下の行方を定めたことに安堵したように、それから間もなく家康はこの世を去った。加藤清正も有馬晴信も、戦国を知る諸侯たちは次々に旅立っていた。

島原の海辺に建った原城は一国一城令が出て捨てられた。中に入れば天草の海の美しさにすべてを忘れると謳《うた》われたその城は、今は誰に顧みられることもなく、ひっそりと断崖に佇んでいるという。

「ねえ、お花。ツズ様は息災でいらっしゃるかねえ」

「そうですねえ。まだお若いですから、きっと励んでいらっしゃいますよ」

ツズは家康からも信頼されていたが、六年前に追放されて日本を去っていた。今年は九州の諸大名に切支丹改めが命じられ、ぽつぽつ天草にも宗門改めの役人が顔を出している。このありさまを見たら、兜巾やアルメはどれほど悲しむだろう。

「ねえ、お花。お前たちは切支丹をやめないのかい」

「お姉さんたら。私らはそれだけはありませんよ」

役人に見つかったらえらいことだと、おせんは気が気ではない。

お花たちは息子をいくさで亡くしているが、一粒種の孫がいる。シロウといって、司祭に祝別してもらった尊い名をいただいている。

「だけども棄教するわけにいかないかねえ。お京様も兜巾様も、切支丹ではなかったんだから」

「お姉さんはなんでもお京様、兜巾様ですねえ」

お花は明るく笑った。

「悪いことばっかりじゃありませんよ、お姉さん。ものには全てときってものがあるんですよ」

おせんにはお花の一途《いちず》さがまぶしい。

――仏は常にいませども、現ならぬぞ哀れなる。私たちにはこのほうがしっくりきますよ、ねえ、おせん。

目がほとんど見えなくなっても、お京の笑顔は瞼に浮かぶ。おせんを励まして兜巾の字書を守ってくれたお京は、あの世で幸せに暮らしているだろうか。

「私にはお京様の笑った顔が、なにより有難いものだったねえ」

「天草の守り神のような御方だったそうですね。そのお京様も、今は天主様の御許《みもと》にいらっしゃるんですよ」

天草よりもお姉さんのことを案じておいでですよと、お花は優しく微笑んだ。

小屋の引き戸を開くと、シロウが元気よく飛び出して来た。今年五つで、口がきけないかと思うほど無口な子だが、澄んだ切れ長の目が美しい。すなおで聡《さと》く、おせんにもよくなついてくれていた。

「ああ、姉さん。お花も、遅くまでごくろうだったな」

中にいた黄太がこちらを振り向いた。黄太もかつてはアルメの乳児院にいたやんちゃな少年だが、お花と夫婦になって志岐で暮らしていた。

黄太は城下で小さな療治院を開き、ときには海を渡って口之津まで病者を診に行っている。

「姉さん、向かいの島原に、新しい御大名がおいでになるそうだ」

「へえ、どんな人かねえ」

「大坂の小さな領国から出世なさったそうだ。松倉《まつくら》様といったかなあ」

対岸の島原では有馬晴信が切腹になり、有馬家は転封されていた。しばらく幕府の直轄領にされていたから切支丹の締めつけも厳しく、領民たちは次の藩主に希望を託していた。

「天主教を庇護する大名はおらんだろうが、情け深い殿様だといいがな」

「いい殿様に決まってますよ。家康様になっても良いことはありましたからね」

お花が明るく応えている。

おせんが板間の上がり口に腰を下ろすと、シロウが腿に頭を載せてきた。

「ほんとうに、お姉さん。日本の司祭だって生まれましたから」

お花はそれを思うだけでも胸がいっぱいになるようで、両手を合わせて嬉しそうに微笑んだ。

熱心な切支丹の黄太とお花や、シロウのような子のためにも、おせんは早く迫害の世が終わってほしかった。

迫害の続くなか、耶蘇会は『落葉集《らくようしゅう》』という日本の言葉を集めた字書を出した。『拉丁《ラテン》文典』という日本の文法書もこの天草で作られたし、慶長八年（一六〇三）にはついに長崎で『日葡字書』が完成したということだった。家康が征夷大将軍になり、原城が島原の海辺に建った、その同じときだ。

だがおせんはまだその『日葡字書』を見たことがない。十年以上も前に刷り上がったとは耳にしたのだが、もうあまり歩くこともできないから、おせんがこの世で見ることはないのだろう。

かたかたと、小屋の戸口を風が叩いていく。

どこからともなく入り込む隙間風のように、兜巾はほとんど音もたてずに引き戸を開けて入って来たものだ。おせんがあの世へ行くときは、そんなふうに戸口の外から誰かが迎えに来てくれるのかもしれない。

「風が出てきたんだろうかな」

つっかい棒を落としに戸口に立った黄太が、息を呑んで足を止めた。おせんの傍らで

お花もあわてて立ち上がった。

おせんは目を凝らしたが、夕闇が濃くなってよく見えない。

「どうかしたかい。今時分、誰か？」

「お姉さん、ジュリアン様だ」

おせんは驚いて飛び上がった。南蛮に遣わされた少年使節の一人で、司祭になった中《なか》浦《うら》ジュリアンだ。

おせんとお花は手を取り合ってぬかずいた。シロウははやばやとジュリアンの裾につかまり、二人で戸口に立っている。

ジュリアンは家康の禁教令が出ても日本に留まり、天草や口之津をひそかに回って切支丹たちの支えになっていた。

ジュリアンは今の日本に残された唯一の輝く星なのだ。

「どうしてこのようなところへ。さぞ危ない目に遭われましたでしょう」

手を合わせて拝んでいる黄太に、ジュリアンが笑って首を振っている。小屋が急に明るく輝いて、まるで大きな灯明が灯ったようだ。

「兜巾様の『日葡字書』です。おせん殿にお見せしようと、こうして訪ねてまいりました」

おせんは弾かれたように顔を上げた。ジュリアンの声は、兜巾の声にそっくりだ。

「公儀の目が厳しく、来るのが遅くなりました。お許しください」

おせんは懸命に目をしばたたいた。板間に座ったジュリアンのそばにおそるおそる近づいて、どうにか上がり口に腰を下ろした。

シロウはちょこんとおせんの隣に正座をしている。

「異国におられるツズ様から文《ふみ》がまいりました。『日葡字書』だけは、なんとしてもおせん殿に見ていただくようにと」

「ツズ様が？」

おせんは嗚咽《おえつ》をもらした。どんなに見苦しいと分かっていても、涙が吹きこぼれた。

「ツズ様は日本へ戻り、この地で死にたいとヴァリニャーノ師に幾度も文を書かれているのです。禁教下の日本へ髪の色も肌の色も異なる南蛮人が戻っては、命がありません。だというのにツズ様は、日本にはやり残したことがあると」

ジュリアンが天井を仰ぐようにして十字を切った。

大きな光を帯びた十字架が、ジュリアンが十字を切った跡にしっかりと浮かび上がった。その十字架は羽が生えたようにジュリアンの背へ回り、そこでまたたき続けた。

「日本の天主教は過酷な時節を迎えています。いたずらな殉教も司祭を死なせる罪も、日本の人々に関わらせるべきではない。私がツズ様のかわりをいたします」

ツズは今こそ己が日本で最も役に立つと信じているようだが、ここへ戻って殺されるくらいなら、おせんは戻ってほしくない。心の中でそう思ったとき、ジュリアンの背の十字架がひときわ大きくまたたいた。

「これでございます、おせん殿」

ジュリアンがおせんの手を取ってふろしきを解かせた。

「なんと厚い書物でしょう。他所では見たこともございません」

横で黄太がつぶやき、お花もうなずいている。

おせんはシロウと手を重ねてゆっくりとその表紙をなでた。厚い一枚目の表紙をめくると、大きさの揃った四隅の尖った紙が幾百枚と重ねられている。

ゆっくりと紙に指を這わすと、活字で打たれた凹凸を確かに感じる。一列ごとまっすぐに文字が並び、墨の匂いがかすかに立ち上ってくる。

「おせん殿、ここには日本の言葉が三万二千も記されています。南蛮の文字をたどれば、この日本にある全ての言葉が分かるのです」

おせんは涙が止まらなかった。かつて兜巾に教わった通りだ。

「女や子供が使う言葉や方言には、それぞれ印が付いているのでございましょう」

「よくご存知ですね。そのひとつひとつに意味が説かれています」

おせんは傍らにいるのが兜巾のように思えてならない。聞こえるのは紛れもなく兜巾の声だ。

——私の名など、字書のどこにもなくてよい。だがこの語は残させてもらおうか。おせんがとりわけ大事にしてきた言葉ゆえ。

兜巾はそう言って笑ってくれた。あれはもとは兜巾の母が、夫に先立たれたときに何度も唱えて自らを奮《ふる》い立たせた言葉なのだ。

「ジュリアン様、日葡字書には〝つゆ〟という語がございますか」

ジュリアンは厚い字書の紙を繰った。

「夏のある時期に引き続いて降る大雨……。いや、こちらのことだろうか。木の葉や草の上におりた露……」

「はい。草の上の露でございます」

「露を置く。これは料理に金箔銀箔を添えて飾ること、とある」

兜巾の小屋に、懐かしい兜巾の声が響く。

「露を打つ。これは物をみずみずしくするために水を注ぎかけることですね。あとは、露の命」

「露の命……。では〝あめ〟はどうでしょうか」

「あめ？　天が下、の天でしょうか。それとも麦で作る水飴？　あめという川魚もあるようだが」

おせんは首を振った。兜巾はそんな言葉まで記していたのだ。

「あとは、雨が降る。雨に濡れる……」

長いあいだ南蛮に行っていたジュリアンは、知らない言葉が多いと驚いている。

「ジュリアン様。どうぞそこを読んでくださいませ」

おせんが胸の前で手を組むと、シロウが頭を寄せてきた。

「雨に濡れて露恐ろしからず。すでに雨に濡れている者は、露を恐れない。大きな禍《わざわい》に苦しんでいる者は、小さな禍など恐れない」

兜巾の声が小屋に響いている。これまで幾度、おせんはその言葉に支えられてきただろう。

これは確かに兜巾の字書だ。どこに名はなくても、兜巾がずっと座って筆を走らせ続けたあの紙片だ。

「ジュリアン様、ありがとうございます。私は確かに見せていただきました。このような重い書物を、ただでさえお命が危ういというのに」

「いいえ。迫害があればこそ、こうして『日葡字書』もできたのですから」

「迫害が、あればこそ？」

ジュリアンはそっと『日葡字書』を繰ると、前のほうで指を止めた。書物の一枚目に記されている序文である。

「……われら耶蘇会の司祭が長年強く願ってきたことは、新たにこの国へ来たる司祭たちに、日本の言葉の手引とも助けともなる字書を作りあげて刷ることとだった。それはとても、短時日で成し遂げられることではなかった――」

ジュリアンの声が静かに小屋の炎を揺らす。たった一本の蠟燭が明るくまたたいて、シロウの顔をまぶしく照らしている。

「今日、天主教への迫害で、司祭たちは思うように伝道に時を割くことができなくなった。それゆえ司祭たちは手が空き、年来、不完全なままだった字書を見直し、精励して事にあたることができた――」

かつて耶蘇会はアルメに南蛮の療治をやめさせてまで布教の道を歩ませた。今の日本では司祭たちは村々を歩くこともできず、満足に祭礼を行うこともできず新たに切支丹を得ることも果たせない。それが司祭たちを字書の編纂《へんさん》に携わらせることになったのだ。

「この字書は南蛮人のみならず、日本の民のためにも大いに役立つだろう。わが神の恩《おん》寵《ちょう》と司祭たちの労苦とによって、この字書には数多の語が記された」

神に栄光あれと、ジュリアンが厳かに言った。

おせんにははっきりと見えている。兜巾が微笑んでジュリアンの輝く十字架の前に座っている。その膝にある『日葡字書』は、遠い日におせんが見たように光を放っている。

ほとんど目が見えないおせんには、まるで闇にまたたく星のようだ。

ジュリアンが厚い字書をおせんの膝に載せた。

「兜巾殿の字書は、これだけの迫害と引き換えでなければ作らせぬと神がお決めになった書物です」

うなずくと涙がこぼれた。おせんはずっと、たくさんの犠牲なしには兜巾の字書は完成しないと思ってきた。人にはその理由は分からないが、きっとこの字書は、その迫害と引き換えでも実があったと思わせるだけの力を持つ。

この『日葡字書』をもとに、ツズは『日本大文典』を著したとジュリアンは教えてくれた。これからも大勢の人の手で、この字書には多くの実が生っていく。

「おせん殿。兜巾様はずっと頭に被り物をされていたそうですね」

おせんは笑ってうなずいた。

生涯文机に向かい続けた兜巾だが、心の中では山伏のように峯々をめぐる暮らしを夢見ていた。被り物だけは山伏のようにして字書を書き続け、あるとき被り物を取ると、髪は一本もなくなっていた。

「兜巾様は、ご自身を取るにも足らぬ者と卑下なさっておいででした。ほらお花、兜巾というのはずきんのことですよ。ずきんは兜巾とも言うでしょう」

――母のことを、子らはなんと言う？

ふいに兜巾の言葉が聞こえたような気がした。

「おせん殿、『日葡字書』にはずきんという語も書かれているのですよ」

「まあ。そんなささやかな物の名まで」

おせんは吹き出した。そんな言葉まで書いていたなら、あれだけの歳月がかかるはずだ。

「ここに兜巾様の名がございます」

ジュリアンは栞《しおり》が挟まれた『日葡字書』の中ほどを開いた。

「頭の被り物はずきんとしても、兜巾としても記されています」

「兜巾様の名が、その字書に？」

ジュリアンと重なって兜巾がおせんに大きく笑いかけてきた。

「兜巾様はこの字書を書いた者として名を残すより、ただのずきんとして皆に名を読まれることのほうをお喜びになるのではないか」

「ああ、それは……」

ただの粗末な被り物として兜巾の名は永遠に人の口にのぼる。

――母のことは母君とも母御とも言うだろう？　この字書には母君も母御もかかも書く。それが言葉の持つ温もりだ。

おせんには今はっきりと兜巾の姿が見える。その傍らにはお京もいる。

――仏は常にいませども、現ならぬぞ哀れなる。ねえ、おせん。そのほうが私たちの身にはなじむわね。

お京が笑っておせんの肩を抱きかかえようとする。

「最後にもう一つ、私がここへ来た役目を果たさせてもらえるだろうか」

ジュリアンは懐から竹筒を取り出して立ち上がった。

おせんが目をしばたたいていると、シロウが竹筒を受け取り、水をジュリアンの手に垂らした。

水に漏れたジュリアンの指がおせんの額に冷えた十字をしるした。

「ツズ様が、ぜひおせん殿には洗礼をと」

ジュリアンが静かにおせんの頭上で十字を切る。短い祈りを唱え、その手のひらがおせんの頭に置かれた。

「ジュリアン様、私のような罪深い者が切支丹になるなどと」

おせんの足にシロウが抱きついた。

ジュリアンの十字架が光を放ち、その横に兜巾やお京の笑顔があった。小六やアルメもいる。おせんは夢中で手のひらを合わせた。そこにいるのが兜巾なのかジュリアンなのか、おせんにはもう分からなかった。

だからいつか、私が行くまで待っていてくださいますように。

そう胸の内で祈ったとき、シロウがおせんの手に、小さな手のひらを重ねた。

あとがき

歴史小説を書くようになって最初に買った本が吉川弘文館の『日本史総合年表』だった。たぶん歴史作家にとっては必携の書のひとつで、小さなテーブルで書くことの多い私も常にそばに置いている。

千ページを超す厚い大きな本で、文字が虫のように小さい。顔を近づけなければ読めないが、あまりの重さに傍まで持って来るにも力が要る。仕方がないので開いたまま持ち手つきのプラケースに放り込み、読むときはケースごと引きずってくることにしている。

それとほぼ同じ重さ、大きさ、厚さの本が一九八〇年に岩波書店から出された『日葡辞書』だ。一九七三年には各ページをマイクロフィルム(?)で撮った同型の書が勉誠社から復刻されているが、原版は一六〇三年にイエズス会が長崎で刊行した、今では世界に数冊しか存在しない稀覯書《きこうしょ》である。

現代の印刷技術でもここまでの大型本になるものを、どれほどの熱意と幸運が重なって五百年ものあいだ滅びずに残ってきたのだろう。当時のイエズス会という段違いに優秀な集団の組織力と、それを取り巻く日本人の個の力をつくづく尊敬せずにはいられない。その二つを何がどうやって繋いだのか、ずっと不思議に思ってきた。

ザビエルに始まり、きら星のごとくの宣教師が次々に東洋を訪れた大宣教時代、天草はまちがいなく日本を代表する土地だった。戦国が始まっていたことを考え合わせれば、とつぜん現れた宣教師たちを最初に迎え入れた人々はさぞ賢明で温かかったのだろう。不安や恐怖と闘いつつ上陸した宣教師たちの足跡が、その後おびただしい数の南蛮船を日本に到来させた。

『日葡辞書』が編まれたのは、それからわずか数十年の後だった。戦乱と禁教の嵐が吹き荒れていただけに、当時の日本のような辺境の地でこれほどの辞書が完成されたのは奇跡としか言いようがないと思う。

ひるがえって現代では、電子辞書を引くと、解説の末尾にその語の初出文献が表示されている。『日葡辞書』と記されていることが多いので気になっていたところ、さる古本市で勉誠社刊の『日葡辞書』を手に取ることができた。

店主の男性が「うちは○○先生が亡くなったとき、蔵書の整理をさせていただいたので」と教えてくださったが、私は咄嗟《とっさ》に先生の名が分からず、その後失念してしまった。

だが背表紙も千切れかかったその本にはたくさんの鉛筆の書き込みがあり、〇〇先生が一生をかけて読まれた気迫に充ち満ちている。ところどころにメモが挟まれ、きっと学会か何かで宿泊されたのだろう、ホテルのドアノブに掛ける二枚の札が栞がわりに使われている。

そのホテルの名はもう変わってしまったが、今もまだ営業している。先生はレストランのメニュー表も有効利用されていて、裏と余白にびっしりと走り書きが残っている。

このたび『地上の星』が文庫化されるはこびとなり、単行本に引き続き、村上豊先生の絵を使わせていただけることになった。作家になる前から画集を持っていたほどの大ファンだったから、単行本の表紙を描いてもらえることになったときは夜眠れないほどの感激だった。

自分の勝手な構想では『地上の星』は島原の乱を書く『天上の星』の前日譚《ぜんじつたん》になるはずだったから、そのときは、いやそのうちに、もしかしたらお目にかかれるかもしれないと淡い希望を持っていた。

この原稿を書いている今、先生のどんな絵をどなたが表紙に選んでくださるのかは分からない。地上は天上にならなかったけれども、絵ばかりは天におられる先生からの拝借物だ。素晴らしい絵を使わせてくださることに深く御礼申し上げます。

そしてもうお一方、この本のことで感謝のほかはないのが葉《は》室《むろ》麟《りん》先生だ。葉室先生は同じ松本清張賞でデビューした先輩作家にあたり、先生が京都に仕事場を構えられた前後からとりわけお世話になってきた。執筆面でもさまざまなアドバイスをくださったので、御目にかかるときはいつもメモを片手に握っていた。

あれほどお忙しくしておられたのに私の著書まで読んでくださっていて、あるとき、

「戦国が舞台なのに、登場人物の名前がニュアンス的に江戸時代になっている」

とおっしゃった。

先生はその頃、越後騒動に題材をとった私の本に解説を書いてくださることになっていたから、徳川綱吉のときの騒動なのにと首をかしげた。だが先生が読んでくださっていたのは『地上の星』だった。

私はそのことをずっと知らなかった。それが先生が急逝されたあと、お嬢さんの涼子さんのご厚意で、先生の仕事場の片付けを手伝わせていただくことになった。

といっても半日ほど、書棚から溢れたＦＡＸやゲラを揃えて積んだ程度にすぎない。

ただそのとき、紙の山の底に大きなクリップで留めた『地上の星』のコピーがあった。

「これ、父の原稿ではないんです。どなたのものか分かりませんか」

涼子さんが丁寧に差し出された紙の束は書き出しが〝第一章〟で、題がなかった。

「ああ、私のです」

二人で同時に噴き出して、それからは時折笑い声を上げて整理をした。

涼子さんと別れて、私はその紙の束を抱えて家路に就いた。先生、これのことを仰っていたんだなあと涙がこぼれた。

越後騒動の本の解説は、結局、先生の急な旅立ちで書いていただくことができなかった。だから『地上の星』だけが、直球のアドバイスをいただいた本のように思える。

文庫化にあたり様々な方から、とりわけ天におられる多くの先生方から御助力を賜りました。深く感謝しています。本当にどうもありがとうございました。

単行本　二〇一六年九月　文藝春秋刊
DTP組版　ローヤル企画

文春文庫

地《ち》上《じょう》の星《ほし》

定価はカバーに
表示してあります

2024年6月10日　第1刷

著　者　村《むら》木《き》嵐《らん》
発行者　大沼貴之
発行所　株式会社　文藝春秋

東京都千代田区紀尾井町 3-23　〒102-8008
TEL 03・3265・1211㈹
文藝春秋ホームページ　http://www.bunshun.co.jp

落丁、乱丁本は、お手数ですが小社製作部宛お送り下さい。送料小社負担でお取替致します。

印刷・図書印刷　製本・加藤製本

Printed in Japan
ISBN978-4-16-792234-4

（　）内は解説者。品切の節はご容赦下さい。

銀漢の賦
葉室　麟
江戸中期、西国の小藩で同じ道場に通った少年二人。不名誉な死を遂げた父を持つ藩士・源五の友は、名家老に出世していた。彼の窮地を救うために源五は……。松本清張賞受賞作。（島内景二）
は-36-1

山桜記
葉室　麟
命の危険を顧みず、男は妻のため出兵先の朝鮮半島から日本へ還る（「汐の恋文」）。大名の座を捨て、男は妻と添い遂げた（「花の陰」）。戦国時代の秘められた情愛を描く珠玉の短編集。（澤田瞳子）
は-36-7

まんまこと
畠中《はたけなか》　恵
江戸は神田、玄関で揉め事の裁定をする町名主の跡取・麻之助。このお気楽ものが、支配町から上がってくる難問奇問に幼馴染の色男・清十郎、堅物・吉五郎と取り組むのだが……。（吉田伸子）
は-37-1

こいしり
畠中　恵
町名主名代ぶりは板についてきたものの、淡い想いの行方は皆目見当がつかない麻之助。両国の危ないお兄イさんたちも活躍する、大好評「まんまこと」シリーズ第二弾。（細谷正充）
は-37-2

こいわすれ
畠中　恵
麻之助もついに人の親に?!　江戸町名主の跡取り息子高橋麻之助が、幼なじみの色男・清十郎、堅物・吉五郎とともに様々な謎と揉め事に立ち向かう好評シリーズ第三弾。（小谷真理）
は-37-3

わが殿（上下）
畠中　恵
「殿、また借金をしたのですか!?」大野藩主・土井利忠にほれ込んだ内山七郎右衛門は、財政を立て直すべく無理難題を引き受ける。新時代を生き抜くヒント満載の痛快歴史小説！（細谷正充）
は-37-30

色仏
花房観音
十一面観音像に魅せられた青年・烏。僧になるため京の町にやって来たが、ある女と出会い、仏の道を諦め……。幕末を舞台に男女の情欲と人間の業を色濃く描いた野心作。（雨宮由希夫）
は-55-2

平岩弓枝
御宿かわせみ
「初春の客」「花冷え」「卯の花匂う」「秋の蛍」「倉の中」「師走の客」「江戸は雪」「玉屋の紅」の全八篇を収録。江戸大川端の小さな旅籠「かわせみ」を舞台とした人情捕物帳シリーズ第一弾。
ひ-1-201

平岩弓枝
新・御宿かわせみ
時は移り明治の初年。幕末の混乱は「かわせみ」にも降り懸かる。次代を背負う若者たちは悲しみを胸に抱えながらも、激動の時代を確かに歩み出す。大河小説第二部、堂々のスタート。
ひ-1-235

火坂雅志
天地人（上下）
主君・上杉景勝とともに、信長、秀吉、家康の世を泳ぎ抜いた名宰相直江兼続。〝義〟を貫いた清々しく鮮烈なる生涯を活写する長篇歴史小説。ＮＨＫ大河ドラマの原作。（縄田一男）
ひ-15-6

火坂雅志
真田三代（上下）
山間部の小土豪であった真田氏は幸村の代に及び「日本一《ひのもと》の兵《つわもの》」と称されるに至る。知恵と情報戦で大勢力に伍した、地方の、小さきものの誇りをかけた闘いの物語。（末國善己）
ひ-15-11

火坂雅志
天下《てんが》　家康伝（上下）
惜しまれつつ急逝した著者最後の文庫本。信長のアイデアも、秀吉の魅力もない家康が、何故天下人という頂に辿り着けたのか、その謎に挑んだ意欲作！（島内景二）
ひ-15-14

百田尚樹
幻庵《げんなん》（全三冊）
「史上最強の名人になる」囲碁に大望を抱いた服部立徹、幼名・吉之助は、後に「幻庵」と呼ばれ、囲碁史にその名を刻む風雲児だった。天才たちの熱き激闘の幕が上がる！（趙　治勲）
ひ-30-1

藤沢周平
隠し剣孤影抄
剣客小説に新境地を開いた名品集〝隠し剣〟シリーズ。剣鬼と化し破牢した夫のため捨て身の行動に出る人妻、これに翻弄される男を描く「隠し剣鬼ノ爪」など八篇を収める。（阿部達二）
ふ-1-38

（　）内は解説者。品切の節はご容赦下さい。

藤沢周平
海鳴り（上下）
心が通わない妻と放蕩息子の間で人生の空しさと焦りを感じる紙屋新兵衛は、薄幸の人妻おこうに想いを寄せ、闇に落ちていく。人生の陰影を描いた世話物の名品。（後藤正治）
ふ-1-57

藤井邦夫
恋女房
新・秋山久蔵御用控（一）
〝剃刀〟の異名を持つ南町奉行所吟味方与力・秋山久蔵が帰ってきた！　嫡男・大助が成長し、新たな手下も加わってスケールアップした、人気シリーズの第二幕が堂々スタート！
ふ-30-36

藤井邦夫
騙《かた》り屋《や》
新・秋山久蔵御用控（二）
可愛がっている孫に泣きつかれた呉服屋の隠居が金を用立ててやると、実はそれは騙りだった。どうやら年寄り相手に騙りを働く一味がいるらしい。久蔵たちは悪党どもを追い詰める！
ふ-30-37

藤原緋沙子
切り絵図屋清七
ふたり静
絵双紙本屋の「紀の字屋」を主人から譲られた浪人・清七郎は、人助けのために江戸の絵地図を刊行しようと思い立つ。人情味あふれる時代小説書下ろし新シリーズ誕生！（縄田一男）
ふ-31-1

藤原緋沙子
岡っ引黒駒吉蔵《くろこまのきちぞう》
甲州出身、馬を自在に操る吉蔵が、江戸で岡っ引になり大活躍。ある日町を暴走する馬に飛び乗り、惨事を防ぐ。怪我人がいないか調べるうち、板前の仙太郎と出会うが……。新シリーズ！
ふ-31-7

藤原緋沙子
花鳥
生類憐れみの令により、傷ついた小鳥を助けられず途方に暮れていた少女を救ったのは後の六代将軍家宣だった。七代将軍家継の生母となる月光院の人生を清冽に描く長篇。（菊池　仁）
ふ-31-30

万城目　学
とっぴんぱらりの風太郎（上下）
関ヶ原から十二年。伊賀を追われ京で自堕落な日々を送る〝ニート忍者〟風太郎。行く末は、なぜか育てる羽目になった「ひょうたん」のみぞ知る。初の時代小説、万城目ワールド全開！
ま-24-5

（　）内は解説者。品切の節はご容赦下さい。

松井今朝子
老いの入舞い
麹町常楽庵　月並の記

若き定町廻り同心・間宮仁八郎は、上役の命で訪れた常楽庵で、元大奥勤め・年齢不詳の庵主と出会う。その周囲で次々と不審な事件が起こるが…。江戸の新本格派誕生！　（西上心太）

ま-29-2

松井今朝子
縁は異なもの
麹町常楽庵　月並の記

町娘おきしの許婚が祝言間近に不審な死を遂げる。「私が敵を討ちます」——娘の決意に間宮仁八郎は心を揺さぶられる。大奥出身の尼僧と真相に迫る江戸の新本格第二弾。　（末國善己）

ま-29-3

松井今朝子
江戸の夢びらき

命を燃やすが如き〈荒事〉によって歌舞伎を革新し、民衆から信仰のような人気を得た初代・市川團十郎はなぜ舞台上で刺殺されたのか。その謎多き生涯に迫る圧巻の一代記。　（岸田照泰）

ま-29-4

宮城谷昌光
楚漢名臣列伝

秦の始皇帝の死後、勃興してきた楚の項羽と漢の劉邦。覇を競う彼らに仕え、乱世で活躍した異才・俊才たち。項羽の軍師・范増、前漢の右丞相となった周勃など十人の肖像。

み-19-28

宮城谷昌光
三国志外伝

「三国志」を著したのは、諸葛孔明に罰せられた罪人の息子だった（「陳寿」）。匈奴の妾となった美女の運命は（「蔡琰」）。三国時代を生きた、梟雄、学者、女性詩人など十二人の生涯。

み-19-35

簑輪　諒
千里の向こう

龍馬とともに暗殺された中岡慎太郎。庄屋の家に生れた生真面目で理屈っぽさが取り柄のいごっそう（頑固者）は、魑魅魍魎が蠢く幕末の世で何を成し遂げたのか？　稀代の傑物の一代記。

み-59-2

（　）内は解説者。品切の節はご容赦下さい。

宮本紀子
おんなの花見
煮売屋お雅 味ばなし
お雅が営む煮売屋・旭屋は、持ち帰りのお菜で人気。気難しい差配、常連客の色恋、別れた亭主……様々な騒動に悩まされながらも、お雅は旬なお菜を拵え、旭屋を逞しく切り盛りする。
み-61-1

山本一力
あかね空
京から江戸に下った豆腐職人の永吉。己の技量一筋に生きる永吉を支える妻と、彼らを引き継いだ三人の子の有為転変を、親子二代にわたって描いた直木賞受賞の傑作時代小説。（縄田一男）
や-29-2

山本兼一
火天《かてん》の城
天に聳える五重の天主を建てよ！　信長の夢は天下一の棟梁父子に託された。安土城築城の裏に秘められた想像を絶する創意工夫。第十一回松本清張賞受賞作。（秋山　駿）
や-38-1

山本兼一
花鳥の夢
安土桃山時代。足利義輝、織田信長、豊臣秀吉と、権力者たちの要望に応え「洛中洛外図」「四季花鳥図」など時代を拓く絵を描いた狩野永徳。芸術家の苦悩と歓喜を描く。（澤田瞳子）
や-38-6

山本兼一
利休にたずねよ
美の求道者ゆえ、秀吉に疎まれ切腹を命ぜられた利休。心の中には若き日に殺した女がいた。その秘めた恋と人生の謎に迫る圧巻の第140回直木賞受賞作。浅田次郎氏との対談を特別収録。
や-38-10

山本周五郎・沢木耕太郎　編
山本周五郎名品館Ⅲ
寒橋（さむさばし）
周五郎短編はこれを読め！　短編傑作選の決定版。「落ち梅記」「人情裏長屋」「なんの花か薫る」「かあちゃん」「あすなろう」「落葉の隣り」「釣忍」等全九編。（沢木耕太郎）
や-69-3